小さな天使の父の記憶を

アンドレア・ローレンス 作
泉　智子 訳

ハーレクイン・イマージュ
東京・ロンドン・トロント・パリ・ニューヨーク・アムステルダム
ハンブルク・ストックホルム・ミラノ・シドニー・マドリッド・ワルシャワ
ブダペスト・リオデジャネイロ・ルクセンブルク・フリブール・ムンバイ

ONE UNFORGETTABLE WEEKEND

by Andrea Laurence

Published by Harlequin Japan, a Division of K.K. HarperCollins Japan, 2025

アンドレア・ローレンス

文字が読めるようになって以来、ずっと読書と物語の執筆に夢中。世界中の人たちに自作の小説を読んでもらうのが長年の夢で、ロマンス小説作家として、現代物のみならずパラノーマル作品でも数々の受賞歴を誇る。アメリカの西海岸出身だが、今は夫とペットの犬たちとともに深南部に暮らしている。

主要登場人物

バイオレット・ニアルコス……ニアルコス財団の代表。
ニアルコス夫妻……バイオレットの両親。
ボー・ロッソ……バイオレットの元婚約者。
ハーパー……バイオレットの親友。
ルーシー……バイオレットの親友。ハーパーの義姉。
エマ……バイオレットの親友。
エイダン・マーフィー……アイリッシュ・パブの経営者。バーテンダー。
レノックス……バイオレットとエイダンの息子。愛称ノックス。
タラ……ノックスのベビーシッター。
スタンリー……エイダンのパブの常連客。愛称スタン。

1

「ミス・ニアルコスがお会いになります」

エイダン・マーフィーは立ち上がると、スーツの上着のボタンを留めてネクタイを直した。こういう格好をするのは久しぶりなので、なんだか奇妙な感じだ。かつてはスーツが第二の皮膚のようになっていたのに。あるときからぼくの人生は一変してしまった。バーテンダーになった今は、上等なスーツもシルクのネクタイも必要ない。〈マーフィーズ・アイリッシュ・パブ〉のバーテンダーがこのようなスーツ姿で店に出たら、常連客に変な目で見られるだろう。

だが今は、五年前と現在の自分を比べている場合ではない。ここへ来たのは亡き両親の遺志を継いで更生施設を開設する段取りをつけるためなのだから。

この数年のあいだに両親が相次いで他界し、エイダンは思いもかけないものを受け継ぐことになった。一つはマンハッタンにある経営の苦しいアイリッシュ・パブ、そしてもう一つはイースト・ブロンクスにある大きな屋敷だった。マーケティングの学位を持ち、かつては広告代理店で重役を務めていたエイダンにはパブの経営を立て直す商才は充分にあったが、イースト・ブロンクスのような遠い場所にある家には興味がなかった。それに正直、そんな大きな屋敷はいらない。ただ、自分が生まれ育った家を両親が亡くなってすぐに手放す気にはなれなかった。

両親がその家を買ったのは、大家族を望むアイルランド系カトリック教徒として、いつかそこでみんな一緒に暮らせたらと考えてのことだったが、その願いがかなうことはなかった。代金の支払いはすんでいるのでよかったものの、売却するとなるとなかなか難しい。周辺の不動産価格は下落しているし、貸すにしても家賃の相場は低めだ。母もそれは承知していたので、家は売らずにおいてアルコール依存症の人々が回復プログラムを受けられる入居施設として活用してほしいとエイダンに伝えていた。アルコール依存症の父を見てきた母は、そうした施設の必要性を感じていた。父は更生を何度試みても二、三週間もすればまた酒に手を出してしまうのが常だったからだ。

かくしてエイダンはニアルコス財団を訪ねた。人に援助を求めるのは――それも自分は特別な人間だと思っている金持ちに助けてもらうのは気に食わないが、しかたがない。母の夢を実現させるには金が必要だ。多額の金が。しかし、商売が下手だった父のせいでエイダンの手持ちの資金はとっくになくなっていた。そこで不本意ながら、助成金を支給してもらえるよう頼みに来たというわけだ。

エイダンはしぶしぶオフィスのドアを開け、息をつめた。これはまたとないチャンスだ。ミス・ニアルコスもきっとぼくの魅力には勝てないだろう。ぼくが笑顔を見せてちょっと口説けば、たいていの女性はぼくの欲しいものを差し出してくれる。自分のその力を乱用するつもりはないが、今日のところはそれを使ったほうが手っ取り早い。

エイダンはドア口を抜けて色鮮やかに装飾された部屋へ入ったところで、はたと足を止めて目を凝らした。あのエキゾチックな黒い瞳は……一年半前にぼくの前から姿を消した女性のものだ。そう気づいたとたん、財団の代表を口説こうという考えは吹き飛んだ。

バイオレット。

名字はニアルコスだったのか。彼女とつきあったのはほんの短いあいだで、フルネームを聞くこともなく終わった。もし聞いていれば、彼女が跡形もなく姿を消したあと、あの謎の美女は誰だったのか突き止められていたかもしれない。

エイダンは〝やあ〟と口にするのを思いとどまった。相手が無表情なのが気になる。こちらに向けた目を見るかぎり、ぼくが誰だか気づいていない。かつて情熱を交わした男ではなく、財団に援助を求めに来た人間の一人としか思っていないのだろう。ぼくの記憶には彼女が強く焼きついているというのに。

「バイオレットだね？」人違いでないことを確かめるために尋ねた。彼女に間違いないとは思うものの、ずいぶん前のことなので記憶が不確かな可能性もある。目の前にいるこの女性は、ぼくの記憶よりもさらに美しい。あれ以上の美しさはないと思っていたのに。

「ええ」彼女は答えると、堅苦しい挨拶をするために立ち上がってデスクをまわってきた。ラベンダー色のシルクのブラウスにグレーのタイトスカートをまとい、ストッキングと地味ながらもしゃれたグレーのパンプスをはいている。イヤリングとネックレスもグレーの真珠でそろえていた。こんなふうにきちんとした格好をして威厳を漂わせたバイオレットは、あの夜ぼくの店へふらりとやってきた彼女とはまるで別人のようだ。

「ぼくが誰だかわからないんだね」言うまでもないことをあえて口にした。「エイダンだよ。一年半前に〈マーフィーズ・パブ〉で会った」

繊細な陶器のような彼女の顔がたちまち崩れた。切れ長の黒い目が驚きで丸くなり、濃いピンク色の唇が開いている。ようやく記憶がつながって彼が誰だかわかったらしい。「まあ」彼女は言って、両手で鼻と口を覆った。

その目に涙が光るのを見てエイダンは表面上は平静を装いつつも、内心は混乱に陥っていた。あれから夜にベッドの中で何度考えたことか。いったい彼女に何があったのか、なぜあれきり店に来てくれないのかと。もし再会したらどうなるだろうと想像もしたが……まさか泣かれるとは思っていなかった。ぼくは彼女を泣かせるようなことは何もしていないはずだ。

だってそうだろう？

向こうがぼくを捨てていったのだから。明け方に目を覚ますと彼女はいなくなっていて、ぼくはまぼろしを見ていたのではないかと思うほどだった。

彼女の唇の味をこの唇が覚えていなくて、レースの裂けたショーツがぼくのベッドルームの床に落ちていなかったら、バイオレットなんて女性は実在しないと信じていたかもしれない。

「エイダン」彼女が小さな声でつぶやいた。まるで誰かほかの人に話しかけるみたいに。まもなくその頬に涙が伝い始めた。

エイダンは、そばへ駆け寄ってその華奢《きゃしゃ》な体を優しく抱きしめてやりたい衝動と闘った。泣いている彼女を目にしたくない。それも、ぼくのことを見ただけで泣き出すなんて。もしかしたらこれは後悔の涙なのだろうか。バイオレットは見るからに上流階級のお嬢様だ。きっと、魅力的なバーテンダーとの二日間の逢瀬《おうせ》など記憶から消し去っていたのに、その相手がここへ押しかけてきたせいで、こんな卑しい男に身を任せた自分が恥ずかしくなったのだ。そうでなければ泣いたりしないだろう。

「大丈夫かい？」エイダンは尋ねた。

彼の言葉でわれに返ったらしく、バイオレットは頬の涙を急いでぬぐうと、しばし顔をそむけて気を取り直した。「ええ、大丈夫」とてもそうは見えないが、彼に向き直ると愛想笑いを浮かべて言った。「ごめんなさい、びっくりしただけよ……」

そして彼女は握手を求めて手を差し出した。その手を取ると、エイダンの肌に懐かしいうずきが走った。あの初めての夜、バイオレットに触れると全身の神経に火がついたが、それは今も変わっていなかった。ただ、彼女の反応は以前と様子が違う。エイダンが触れてもこわばったままで、むしろこわばりは増していき、やがて彼女は手を放すと、そばにある来客用の椅子を指し示した。

「どうぞ座って。話すことがたくさんあるわ」

エイダンは大きな桜材のデスクをはさんでバイオレットと向かい合わせに座った。椅子は思っていたより座り心地がよく、室内もよくある殺風景な事務室という感じではない。リビングルーム的なスペースもあって、一人掛けのソファがいくつかとカラフルな膝掛けが置いてある。壁には明るい色彩の絵や、ターコイズブルーの海を背景にした白い建物の美しい写真が飾られていた。この部屋は本当に彼女が飾りつけたのか？　何かを求めて〈マーフィーズ〉へふらりとやってきたあの女性が？

「助成金の話をする前に、あなたに謝っておきたいの」バイオレットが話し始めた。「あなたはわたしのことをひどい女だと思っているでしょうね。勝手にいなくなるなんて。あんなことをして申し訳なかったと今は思っているわ」

「ぼくはきみに何があったのか知りたいだけだ」エイダンは答えた。これは本心だ。

女性が夜明けにこっそりベッドを抜け出すのはとくに珍しい話でもないが、バイオレットはそのあとメールもよこさなければ、店にもやってこなかった。ぼくは店に住んでいるようなものなのだから、会いたかったらいつでもあそこで会えるのに、彼女はそうしなかった。二人で過ごした時間はぼくにとってはものすごく大切なものだっただけに、ちらりと振り向くことさえせずに去っていけた彼女に驚きを覚えていた。彼女を捜し出したいと何度思ったことか。

だが、その手立てがなかった。

「わたしは事故に遭ったの」バイオレットは眉根を寄せてデスクを見つめた。懸命に話をつなぎ合わせようとしているのがわかる。「あなたのアパートメントを出てすぐだったんだと思うわ。乗っていたタクシーがあろうことかバスの後部に追突して、わたしはパーティションに頭を打ちつけた。目覚めたときには病院にいたわ」

エイダンは愕然《がくぜん》とした。彼女が連絡してこないのは連絡できないからだとは思いもしなかった。ぼくが家でぼやきながらシリアルを食べていたとき、彼女は病院にいたとは。「もう大丈夫なのかい？」

「ええ」バイオレットはほほえんで言った。「大きなたんこぶができたけど、打撲だけですんだの。記憶が多少飛んでしまった以外には後遺症もなかったし。事故から一週間前までの記憶がないの。目覚めたときに覚えていたのは、前の週に大きな会議を終えてオフィスを出るところまでだった。なんとか思い出そうとして、あれこれ試してみた時期もあったけど、どれもだめだった。あなたに連絡しなかったのは、あなたのことも一緒に過ごした時間のことも覚えていなかったからよ。さっきあなたがここへ入ってきて名乗るまでは」

「記憶喪失だって？」

そう言われるのにもう飽きた。誰もが必ずと言っていいほど同じ反応をする。記憶喪失はドラマの中だけに存在するもので、実生活でそんなことは起こらないと思われがちだ。でも、実際にあるのだからしかたがない。まるまる一週間分の記憶が頭から消えてしまっているのだ。最初から何もなかったみたいに。

ドクターが言うには、記憶はそのうち戻るだろうが、いつどんなふうに戻るかはわからないということだった。たまにちらちらと思い出すとかデジャヴを感じるとか、あるいは突然波が押し寄せたようにいっきに思い出すこともあると。

わたしの場合は後者だった。エイダンがその大きなブルーの瞳でわたしを見て彼の名前を言ったとき、自分の足元で地面が揺れ動いた気がした。その瞬間、二人が一緒にいたときの記憶がどっとよみがえってきた。汗ばんだ体で抱き合う二人。一緒に笑っている顔。テイクアウトの料理をベッドで食べながら話し込んでいる様子。よく知りもしない相手とそこまで親密な関係になっていたことを思い出して赤面しそうになるのをバイオレットはこらえた。だが、この記憶の意味するところに気づいたとたん、恥ずかしさも吹き飛んだ。

涙が出てきたのはそのせいだった。

事故に遭ってからしばらくは、なんとしても記憶を取り戻そうと思っていた。だが妊娠に気づいたとき、その思いは脇に置くことにした。それ以降は、長いつきあいのボー・ロッソとの婚約と初めての子供の出産準備のほうに意識を傾けた。

そして子供が生まれると、記憶から抜け落ちた一週間が以前にも増して重要になった。

「言いたいことはわかるわ」バイオレットはエイダンに何も言わせまいと手で制した。「ばかばかしいと思っているんでしょう。わたしだって自分の身に起こる前だったら同じことを言ったと思うわ。わたしはあの一週間の記憶を取り戻そうと一年半頑張ってきた。でも、本当に何も思い出せなかったの。ちらりとも。今の今まで」

エイダンは赤い巻き毛をかき上げ、眉を上げた。「では、ぼくのどんなことを今思い出したのか、聞かせてもらおうかな」彼はしたり顔でバイオレットの答えを待った。

今度は、バイオレットもあのときのことを思い出すと頬が染まるのを止められなかった。彼はわたしを動揺させる力を持っているだけで落ち着かなくなってくる。「えっと、そうね、パブに入っていくところよ。あなたはそこで働いていたわね」

それを聞いて彼はほほえんだ。「もっと言うと、ぼくはあの店の経営者だ」

バイオレットはうなずき、安堵《あんど》のため息をつかないようこらえた。わたしはバーテンダーと遊び歩くような女ではない。海運業で財を成したヨーロッパでも指折りの富豪一族の跡継ぎで、その身分にふさわしいふるまいをするように育てられている。わたしがバーテンダーと遊んでいると知ったら、祖父が草葉の陰で嘆くだろう。でも少なくともエイダンは事業主で、その魅力的な笑顔と手管を使って家賃を稼ぐような色男ではないことがわかってよかった。

バイオレットは唇を噛《か》んで、取り戻した記憶を整理しようとした。パブへ行ったことは覚えているものの、なぜ行ったのかはわからない。以前訪れたことのある場所でもないし。エイダンの姿を目にしたことははっきり覚えている。笑っている彼、話している彼。彼が店を閉めようとしているところも。「あなたの家へ行ったのは覚えているわ」頬がかっと熱くなる。「そのあとどうなったかは、二人ともわかっているはずよ」

エイダンがゆっくりうなずいた。「ぼくはきみと過ごしたあの週末のことを何度も思い返したよ。ぼくが何か悪いことをしたのか見つけ出そうとして」

バイオレットは脳裏に浮かんでくるさまざまな光景を押しやり、下腹部に渦巻き始めた熱いものを抑え込もうとした。「どういうこと？　わたしはまだすべてを思い出したわけじゃないけど、あなたが何も悪いことなんてしていないのは覚えているわ」

「でも、きみは出ていったじゃないか。日曜の朝に目覚めたら隣のマットレスが冷たくなっていた。いつ出ていったんだ？　なんの物音もしなかった」

　バイオレットは思い出そうとした。朝早く彼のアパートメントを出たのは確かだけれど、なぜだったのか？　何か用があったからでは？　それが正解だとは思うものの、どんな用だったのかはわからない。何にせよ、事故に遭ったせいでその用を果たせていないのは間違いない。「行かなければいけないところがあったからだと思うわ。あなたを起こしたくなかったの。あとで電話するつもりだった」

「ところが記憶喪失になった」エイダンがさえぎった。抑揚のない不審そうな口調で。

「そう。携帯電話は事故で壊れて、最後にバックアップを取ったあとのデータは消えてしまった。そこにあなたの電話番号もあったはずなのに。あなたと一緒に過ごした記憶も痕跡も全部わたしから消えてしまったのよ」いや、全部ではない。毎日ひしひしと思い出させるものが一つ残っている。そのことの重要性に今まで気づいていなかっただけだ。

「都合のいい話だな」

　その言い方が気に入らなかった。「わたしの言っていることはすべて嘘《うそ》だと？」

　エイダンは肩をすくめた。「信じろというほうが難しいと思っただけだ」

「もしわたしがあなたとの……」なんと呼べばいい？　関係？　情事？　逢瀬？「時間を終わりにしたかったなら、そう言えばいいだけのことよ。二度とあなたに会いたくないがために、記憶喪失だの携帯が壊れただの、そんな話をでっち上げる必要はないでしょう」

「では、きみはぼくにまた会いたかったということだね」エイダンは彼女に有無を言わせなかった。彼の抑えた笑みがバイオレットの不安をかき立てた。視線一つでわたしをどきどきさせる力を持った男性は彼しかいない。彼に触れなくとも、触れたことを思い出すだけで、わたしの中で決意ががらがらと崩れていくのがわかる。一緒に過ごしたあの夜はこれまでで最高の夜だった。彼はわたしの体の扱い方をすぐに会得した。バイオリンでも奏でるようにされて、わたしはもう少しで彼の名を叫ぶところだった。そんな経験をどうして忘れることができるかしら？

「そうよ」唾をごくりとのみ込んで言った。

エイダンが彼女の左手をちらりと見たので、その視線をたどった。ボーからもらった婚約指輪をつけていた時期もあったが、今ではその日焼けの跡も薄くなった。そこに指輪がないことの違和感も、もう感じなくなっていた。

「それで、今はどうなんだ？」

答えにくい質問だ。エイダンと週末を一緒に過ごすのは魅力的だったけれど、今は……すべてが変わってしまった。もはやそんな単純な話ではないのだ。

「それとこれとは別の話よ」答えをはぐらかして言った。

「そんなわけがないだろう！」エイダンが席を立ってデスクをまわってきた。バイオレットの椅子の肘掛けをつかんで身を寄せてくる。

バイオレットは息をつめた。男性の大きな体がすぐそばに迫っている。彼をこの手で引き寄せて、残ったすきまを埋めたくなる。ここ数カ月は怖くて寂しい日々を送ってきた。エイダンの魅力に再び降参してしまいたい。そしてわたしが見失ったものを彼がすべて思い出させてくれたらいいのに。

「ぼくはきみに何があったのだろうと気にしながら一年半も過ごしてきたんだよ、バイオレット。とにかく前へ進みたくて、きみのことを考えたくないときでも、ぼくの下で身をよじらせるきみの姿が頭に浮かんできて思考を狂わせるんだ」エイダンは言葉を切ると、視線を彼女の体にちらりと向けてから顔へ戻した。「そして今度はぼくの前に戻ってきて、こんなめちゃくちゃな話をしたうえに、今もぼくに惹《ひ》かれているかどうかは別の話だというのか？」

どう説明したらいいのだろう？　ことはもっと複雑で、わたしが彼に惹かれているかどうかだけの問題ではすまないのだ。彼に話さなければいけないことがまだほかにある。

エイダンがさらに身を寄せてきて、二人の唇がわずか数センチしか離れていないところで止まった。バイオレットの心臓は早鐘を打ち、呼吸が速まったせいで胸が焼けるように熱い。もし少しでも動いたら唇が触れ合ってしまいそうで、正直、そうならないようにじっとしているのがやっとだった。

「どうなんだ？」エイダンが問いつめた。

威圧するような彼の視線から目をそらすことができない。こんなふうに見られたら、彼の言うとおりにしてしまいそうになる。「エイダン……」

「どうなんだ？」

バイオレットは唾をのみ込んだ。「わかったわ。そうよ、わたしは今もあなたに惹かれている。これで満足？」

エイダンは目を細めて彼女を見ると、そばから離れた。「いいや。そこまで自分の気持ちに素直でない女性は初めて見たよ。きみはぼくのことを欲しいと思いたくないんだね。それはぼくがバーテンダーだからだろう？　投資銀行家という華やかな職業に就いているきみの彼氏なんかと違って」

バイオレットはたじろいだ。そんなことが理由ではない。わたしには男性のお金は必要ない。自身が億万長者なのだから。とはいえ、裕福な男性とつきあうようにしてきたのは確かだ。そのほうが、自分を当たりくじのように感じなくてすむからだ。わたしを引き当てた男性は、一生お金に困らなくてすむ。そういう話はめったにしないけれど、お金目当ての男性は世の中にたくさんいるものなのだ。

「違う」バイオレットは反論した。「そういうことじゃないの。それに、彼氏じゃなくて元彼よ。ねえ、少し話をさせてもらえないかしら」

エイダンは答えず、身動きすらしなかった。何かほかのことに関心が移ったのか、その視線はバイオレットの肩の後ろに向けられている。

「エイダン？」わたしの声も耳に入っていないようだ。

彼の視線をたどると、デスクの上の写真立てに行き着いた。それはこのオフィスに一枚だけ置いてあるノックスの写真で、そんなものをここへ持ってきたことをバイオレットは今になって後悔した。この写真を見た人はみんな、赤い巻き毛と大きなブルーの瞳をしたこのあどけない赤ちゃんのことをあれこれ尋ねてくれる。エイダンもやはり気を引かれた様子だが、それは単にこの子がかわいいからではないのだろう。エイダンにそっくりなことは見過ごせない事実で、バイオレットはさっき記憶を取り戻したとき、その事実に気づいてひっくり返りそうになった。これでついにパズルの最後の重要なピースがぴたりとはまった。

エイダンが動転している証拠に、彼の目は大きく見開き、口がぽかんと開いている。この写真が意味するところを彼は悟った。日数を計算したり親子鑑定を受けたりするまでもなく、真実を理解したのだ。

やがて彼はバイオレットに向き直ると、唾をのみ込んで言った。「その子はきみの子供か？」

「ええ、そうよ。わたしの息子で、レノックスというの。もうすぐ六カ月になるわ」

「レノックス」エイダンは繰り返した。その名前を耳になじませようとするみたいに。

「わたしは縮めてノックスと呼んでいるの。すばらしい子なのよ。賢くて愛らしくて。この子を授かって本当によかったと思っているわ」

エイダンは何か言いたいのをのみ込んで、写真に目を戻した。

「それに」バイオレットは安堵と不安が一緒にこみ上げてくるのを感じながら言った。この言葉を誰かに言える日は来ないのではないかと、どれだけ悩んだことか。ノックスの父親は誰かわからないままなのかと。誰かわかった今でも、そのことをちゃんと伝えられるかどうか自信がない。椅子の肘掛けをつかんで体を支えながら、前に立っているよく知らない人の懐かしいブルーの瞳を見上げて言った。

「この子は間違いなく……あなたの息子よ」

2

「ぼくの息子だって？」

バイオレットの言葉に、エイダンはみぞおちに一撃を食らったような衝撃を受けた。わかってはいたのだ――写真を一目見たときから、この子は自分の息子だと気づいていた。それでも、いざ口に出されると思いのほかショックが大きい。

「ええ。こんなかたちで知らせることになったのは申し訳ないけど。とにかく座ってちょうだい。それから話しましょう」

エイダンはしぶしぶ元の席に引き返した。座ったほうがいい。いずれにしろ、足の力が抜けて立っていられそうにないし、そうするしかないだろう。頭の中がぐちゃぐちゃで考えがまとまらない。ここへ来たのは更生施設の開設資金を手に入れるためだったのに、代わりに息子を得ることになるとは。ノックスという名前の、一度も会ったことがない息子を。

考えているうちに胃がきりきりと痛み出した。しかるべきときが来たら自分の家族を持ちたいと、ずっと思っていた。飲んだくれで、ろくでなしの父よりも自分はいい父親になれると証明したくて、その機会が訪れるのを待っていた。ぼくは、身を固めるとなれば家族に自分の人生を捧《ささ》げるつもりだ。それが自分のあるべき姿だと思っている。

それなのに、息子はもう六カ月になっているという。そのあいだ、ぼくは父親らしいことを何もしてこなかった。どうにか埋め合わせをしなければ。すぐにでも。バイオレットがどう考えているのかわからないが、ぼくはノックスの父親になるつもりだ。ヤンキースの試合観戦に連れていったり、少年野球チームの入団テストに付き添ったりするのだ。PTAの会議にも出席しよう。

「ぼくに息子がいることをどうして教えてくれなかった？」自分の声の冷たさに驚きながらも、あふれそうな感情にはふたをした。感情をぶちまけるよりも、いっさい表に出さないほうがいいだろう。

バイオレットがいらだたしそうな表情を浮かべた。「本気で訊《き》いているの？」

あくまで記憶喪失だったということで通すつもりらしい。信じる気にはとてもなれないが、今は話を合わせておこう。「つまり、ぼくと寝たこと自体忘れていたのだから、ぼくが父親だということも頭になかったと？」

バイオレットは椅子をデスクに引き寄せると、マニキュアがきれいに施された手を革製のデスクパッドの上で組んだ。眉根を寄せて、言葉を探しているらしい。「わたしが都合のいい言い訳をしているみたいに言うのね。わたしだってこの六カ月、父親が誰かわからなくてずいぶん悩んだのよ」

「その前は誰が父親だと思っていたんだい？」

バイオレットはデスクに視線を落としてエイダンと目を合わせないようにした。「ボーよ。さっき言っていた元彼。あなたと一緒に過ごした記憶がないから、ボーのほかに思いつくはずもなかった。それで、わたしたちは婚約したの。結婚式や将来の計画も立てていた。でも、分娩室《ぶんべんしつ》でドクターがボーにこの子を抱かせたとき、赤ん坊の髪が赤い巻き毛だったものだから、その場に衝撃が走ったわ」

エイダンは笑いをこらえた。アイルランド人っぽい色白のこの赤ん坊は誰の子供だろうと人々が首をかしげている姿が目に浮かぶ。自分は初めての子供の誕生に立ち会う機会を知らぬ間に逃していたのだと思うと、おもしろがってはいられないが。「元彼はどんな反応をしたんだい？ いい反応でなかったことは想像がつくけど」

バイオレットはため息をついて、目を上げた。

「それはどうでもいいわ。大事なのは、ボーとはもう別れたことと、彼がノックスの父親ではないことよ。親子鑑定をして確認したの」

「きみのご両親はなんと言っていた？」

バイオレットが目を細めて彼を見た。「親の話をしたかしら？」

あのときの会話を覚えていないようだ。頭の怪我《けが》のせいというより、テキーラのせいに違いない。店にやってきたときの彼女はかなり動揺していて、目に涙を浮かべながらテキーラをちょうだいと言った。そのあと事情を聞いて、ぼくはきっとこの女性を笑顔にしてみせると思った。まさかその決意がこんな結果につながるとは想像してもいなかった。子供ができるなんて。

「少しだけね」エイダンは言った。「両親から最低な男との結婚を強く勧められていると言っていた。

赤ん坊が別の男の子供だと知って、ご両親はさぞ気を落とされたんじゃないか」

「ボーと別れずにノックスは彼の子供だというふりをしていたほうが、両親は喜んだでしょうね。二人ともいまだに、ボーが子供の父親で、わたしと仲たがいしただけだとまわりの人には言っているみたいだから。母なんて、わたしに言って聞かせようとしたのよ、この子はギリシアとイスラエルの先祖から色白で赤毛の劣性遺伝子を受け継いだのだと」バイオレットは首を振った。「そんな親戚には会ったことがないけど。きっと、わらにもすがる思いなのね」

「じゃあ、赤ん坊の本当の父親がアイルランド人のしがないパブ経営者だと知ったら、ご両親はいい気がしないだろうね」

バイオレットはひどく深刻な面持ちでこちらを見た。この六カ月、子供の父親のことが心に重くのしかかっていたに違いない。何もかも忘れてしまったという話が本当だとしたら、つらい思いをしたのだろう。記憶から消えた一週間が、人生の中で最も重要な一週間になったのだから。

「親のことはいいの。ここ数カ月で自分を見つめ直して一つわかったのは、どうすれば両親を喜ばせられるかを気にするのはもうやめるべきだってことよ。これまでは親の顔色ばかりうかがって生きてきた。でも、今後は自分自身と息子のことを第一に考える。そうでなければいけないんだって」

エイダンは息子の顔をもう一度よく見ようと、デスクの上の写真立てを手に取った。会ったことのないその子供の薔薇色《ばらいろ》の頬と輝くような笑顔を指でなぞる。ノックスの髪や肌の色はたしかに自分に似ているが、切れ長の目とふっくらした唇はバイオレットから受け継いでいる。歯はまだ生えていないものの、笑顔も彼女にそっくりだ。ぼくの息子もほかの赤ん坊みたいに、ついこちらまで笑ってしまうような笑い声をあげるのだろうか。できるだけ早くその声が聞きたい。

「この子のことをあなたに伝えられたら伝えていたわ」バイオレットが小さな声で言った。その言葉はどこまで本当なのだろうかと、エイダンは写真から目を上げて彼女の黒い瞳を探るように見つめた。

「ほかの人がどう思うかとか、ノックスを自分一人で育てるのかどうかといったことはさておいて、あなたが子供の父親だとわかっていたら、ためらいなく伝えたわ。でも、本当に今の今まで思い出せなかったの。だから記憶がいっぺんに戻ってきたときは思わず涙が出た。一年半もかかってようやく真実がわかって安堵《あんど》で胸がいっぱいになったの」

エイダンはため息をつきながら写真に目を戻した。バイオレットの話が本当かどうかは定かではないが、今はそこを突くのはやめておこう。息子に会いたいのなら、彼女の言葉を受け入れて最善の結果を願うのみだ。「それで、これからどうする？」

バイオレットはそわそわした様子でデスクの端を指でたたいた。「そうね、うちの弁護士に相談してみないと。まずは念のために親子鑑定をしてもらって、それがすんだら面会交流などの調整に入ることになると思うわ」

普通はまず父親に息子を会わせることを思いつくものだろうに、こんなふうに弁護士に相談するところから始めようというのは金持ちくらいだろう。ぼくには弁護士などいない。

もちろん、資産だっておそらくバイオレットが所有しているであろう額にはとうてい及ばない。ニアルコス財団は価値のある活動に対して毎年何百万ドルもの資金を提供しているが、それは一族の財産のほんの一部にすぎない。エイダンは自分の計画に協力してくれる機関を探しているときに、この一族に関する記事を読んだ。バイオレットの祖父はギリシア人で、アメリカへの鉄鋼の輸出で財を成したらしい。一族がアメリカへ渡るころには、その財産は飛躍的に増大していた。

ニアルコス一族はいったいどれほどの資産を所有しているのか、想像もつかない。財団を立ち上げたのも節税のためにすぎないのだろう。エイダンは基本的に金持ち連中のことが好きではなかったし、信頼してもいないが、金をばらまいてくれるのなら、それを利用するのもいいだろうと考えたのだ。

だが、まさか一族の娘で財団の代表が、あの忘れがたき女性だとは夢にも思わなかった。

「それでかまわない」エイダンは言った。「必要な手続きなんだろうから。ぼくはもう少し法的な縛りのないことから始めたいと思っていたけどね」

「たとえばどんなこと？」

「息子と遊ぶとか」

バイオレットは胸に渦巻く不安を振り払えずにいた。自宅でエイダンをノックスに会わせることになったのと、そのためにエイダンがまもなく到着するからだった。

エイダンがオフィスに現れて天地がひっくり返るような衝撃をもたらしてから二日がたっていた。この二日間、記憶が頭の中を駆けめぐっている。エイダンと過ごしたあの夜の記憶が。彼がどんなふうにわたしを抱きしめ、わたしに触れたかを思い出す。身も心も一つになったと感じさせてくれた人は彼が初めてだった。

そのすばらしい経験を覚えていなかったせいで、相手はボーだという話に落ち着き、そのまま何カ月かを過ごした。そのあいだはずっと心の中にもやもやしたものをかかえていた。はっきりこれとは言えないものの、何かしっくりこない感じがしてならなかった。そう考える理由もとくにないのに、自分の相手はボーではないという気がしていた。

でも、今はわかる。潜在意識がずっと訴え続けていたのだ。エイダンという人間が自分の人生から抜け落ちてしまっていることを。ブルーの瞳を一目見ただけで彼だと気づいたときは、衝撃のあまり倒れそうだった。彼の無精髭《ひげ》に包まれたがっしりした顎や、キスが上手な唇や、力強い手をどうして忘れられるだろうか。硬い胸板を覆っている赤褐色の胸毛のざらざらした感触は、今でもたやすく思い浮かべることができる。手のひらに伝わる鼓動も。

二人で過ごした時間は、単なる体の関係以上のものだった。予想していたものとはまったく違っていた。男性とあそこまで一つになれたことはそれまでなかった。ほんの数時間一緒にいただけで、ずっと前から互いを知っていたみたいに思えた。

またそんなふうに結ばれたいという気持ちはある。不安定だったボーとの関係を解消して、感情の浮き沈みや孤独感にさいなまれる数カ月を過ごしてきた。それでも、先のことを考えると怖い。エイダンにはノックスの人生にかかわってほしい。本来はそうあるべきなのだから。だけど、彼とわたしの関係はどうなるのだろう？　あのときのような情熱がずっと続くのだろうか？　それとも、いつかは燃えつきてしまうの？

エイダンが今もわたしに惹《ひ》かれていたとしても、きっといつか冷めるときが来る。今は記憶喪失のせいで会えなかった反動で気持ちが盛り上がっているだけかもしれない。二人の関係が終わったとき、息子とエイダンとの関係にも悪影響が及ぶようなことは避けたい。それに正直なところ、激しく燃えるような恋や、そのあとに襲ってくる深い悲しみに自分自身が耐えられるかどうか、自信がなかった。

この状況では距離を保ちながらつきあっていくのが賢明かもしれない。礼儀正しく、誠実に、そしてあくまでビジネスライクに。彼とは子供を一緒に育てていくだけでなく、助成金についても一緒に取り組んでいくのだから。

子供の養育に関する話し合いが一段落したら、エイダンが持ちかけてきた計画について話を詰めよう。審査委員会の承認がおりれば、しばらくは彼と一緒にそのプロジェクトに取り組むことになるのだから。ニアルコス財団はただ小切手を切るだけではなく、支援した事業が将来破綻しないようにするためのノウハウも提供している。それがニアルコス財団の成功の秘訣《ひけつ》であり、つまりは、エイダンと自分の私的な関係がどうなろうとも、二人は今後も協力していかなければならないということだ。

階段をおりる足音に振り向くと、ノックスを抱いたタラがやってくるところだった。ノックスは青と緑の恐竜柄の白いロンパースを着て、そろいの青いタイツをはいている。これはバイオレットのお気に入りの服で、友人のルーシーがプレゼントしてくれたものだ。ルーシーにももうすぐ双子が生まれる。バイオレットがタラからノックスを受け取って抱きしめると、思いがけずベビーソープの香りがした。

タラがくすくす笑いながら言った。「さっきお風呂に入ったんです。朝食にアップルソースを少し食べさせたら、そこらじゅうにこぼれちゃって。ぼくのおなかにどれくらい入ったかな?」タラがノックスのおなかに手を伸ばしてくすぐると、ノックスはバイオレットの腕の中で笑い声をあげながら手足をばたつかせた。「でも、身支度はできています。着替えてさっぱりしました。お客様と話をされているあいだ、ここで面倒を見ていましょうか?」

バイオレットは唇を噛《か》んで考えたが、首を振った。住み込みのベビーシッターであるタラには人が来ることは伝えたが、客が何者かは話していない。いいニュースはまたたく間に広まるが、スキャンダルが広まるのはもっと早い。今はまだ、エイダンとの関係については自分の胸にしまっておきたかった。

「大丈夫よ。今日はお休みだから楽しんできてちょうだい」

タラはほほえむと、クローゼットから上着を取り出した。「わかりました。では、よい一日をお過ごしください。何かあれば連絡してくださいね」

タラが廊下の向こうに姿を消すと、バイオレットはほっと息をついた。少なくともタラとエイダンが鉢合わせするのは避けられた。エイダンの燃えるように赤い髪と氷のようなブルーの瞳を見れば、彼が何者かわからない人はいないだろう。

タラを信頼していないわけではない。むしろ大好きだ。ベビーシッターを雇うことへの迷いや不安は、タラを面接したときに吹き飛んだ。バイオレット自身はベビーシッターに育てられたと言っても過言ではない。両親はいつも世界じゅうを飛びまわって、故郷のギリシアのほか十数カ国で契約を取りつけていた。二人のプライベートジェットはたいていの大型旅客機よりも長い距離を飛んでいる。だがそれは、バイオレットのそばには雇われのベビーシッター以外誰もいない環境だったことを意味していた。

世話をしてくれた女性たちはみんないい人だった。恐ろしく厳しい人や、きつい人はいなかったものの、親の代わりが務まる人はやはりいない。ノックスが生まれると、バイオレットは一人で子育てをするには助けが必要だと実感した。職場は家族経営の財団なので、必要なら息子を連れていけるが、それでも一日つきっきりで世話をしてくれる人が必要だった。タラはその役割を完璧にこなしてくれている。

とはいえ、エイダンとの関係はまだどうころぶかわからない状況だ。この秘密を誰かに打ち明けるのはまだ早い。たとえタラにでも。大学時代からの親友のエマやルーシー、ハーパーにさえもエイダンが現れたことを話していないのだから。もっとも、いくら自分が黙っていても、そのうち知れ渡るに違いない。人の口に戸は立てられないものだ。

バイオレットは息子を見おろした。ノックスは腕によだれを垂らしながら、熱心に拳を吸っている。せっかくきれいにしても、小さな怪獣はすぐにまたこのとおりだ。仕事部屋に置いてある折りたたみ式のベビーサークルからタオルを取ってきて、よだれをぬぐってやった。「よだれでべとべとのままパパと初めて会うのはいやよね?」

ノックスはにっこりしたかと思うと、バイオレットが手を離したとたん、拳を口の中に突っ込んだ。本によれば、これは歯が生えかけている兆候らしい。もうまもなく最初の歯が生えてくるだろう。そうなれば、むずかる赤ちゃんと長い夜をいくつも過ごすことになる。

電話が鳴った。番号からすると、ドアマンが来客を告げるためにかけてきたようだ。〝ミスター・マーフィー〟がロビーに来ているという。上がってきてもらうように告げ、エイダンの到着にそなえて気持ちを落ち着かせようとした。

エレベーターが五階へ上がってくるまでに少しだけ時間がある。この部屋は最上階ではないが、西側の五階と六階を占めていて高層の部類に入る。ここからはパーク・アベニューの並木の梢《こずえ》が眺められた。イェール大学を卒業してマンハッタンに戻ってきてからずっと住んでいるこのアパートメントは、両親から卒業祝いに贈られた。ニューヘイブンで行われた卒業式に来られなかったことに対する埋め合わせのようなものだった。その日、両親はイスタンブールで足止めを食っていた。バイオレットはもう慣れっこだった。わたしが子供のころからずっと、両親はこのやり方を通している――親子のあいだにある感情的、物理的な距離は豪華な贈り物で埋めるべし。

だが、近いうちに引っ越そうかとバイオレットは考えていた。このアパートメントは一人で暮らすにはゆったりしているが、自分とノックスとタラの三人ではやや手狭だ。ベビー用品があたりを埋めつくしている。もう少し空間が欲しいし、ノックスが走りまわれるような公園に近いほうがいい。

ドアベルが鳴った。バイオレットは深呼吸をして覚悟を決めた。どうということはないわ。今日の主役はわたしではないのだもの。主役はエイダンと彼の息子よ。

バイオレットは玄関へ行ってドアを開けると、腕に抱いたノックスがエイダンによく見えるように後ろへ数歩下がった。「いらっしゃい、エイダン。中へどうぞ」

話しかけても無駄だったらしい。エイダンは息子を目にしたとたん、まわりがいっさい見えなくなっている。身じろぎもせず、息さえもしていない様子だ。凍りついたように立ちつくして、初めて会ったわが子をじっと見つめている。

だが、ノックスのほうはお客様に関心がないようだった。バイオレットが着ているシャツの波形の襟に夢中で、ぽっちゃりした指でその襟をぎこちなくつかんでいる。

バイオレットは体の向きを少し変えて、エイダンに息子がもっとよく見えるようにした。そして襟をもてあそんでいるノックスの手を取った。「レノックス、お客様よ。こんにちはって言える?」

もちろん、まだ言葉はしゃべれないが、ノックスの注意をようやくエイダンのほうへ引くことはできた。ノックスは大きな目をエイダンに向けて、にっこり笑った。

「あなたたち、本当にそっくりね。びっくりするほどよく似ているわ」バイオレットはおそるおそる沈黙を破って、ささやいた。「あなたが赤ちゃんだったころの写真と並べたら、見分けがつかないんじゃないかしら」

エイダンは首を振るだけだった。ノックス以外は何も見えていないようだ。「今の今まで半信半疑だったけど、本当だったんだな。この子はたしかにぼくの息子だ」

バイオレットは顔をしかめて、エイダンの肩越しに廊下を見やった。エレベーターホールを共有しているお隣さんは、恐ろしく詮索好きなのだ。「そうよ。さあ、どうぞ入って。中でゆっくり親子の絆《きずな》を深めればいいわ」

エイダンがようやく数歩進んで中へ入ると、バイオレットはドアを閉めた。彼は母親の腕に抱かれている赤ちゃんをアートギャラリーの展示物みたいにしげしげと見ている。

バイオレットが視線を下げると、エイダンがプレゼントの入った手提げ袋を持っているのが見えた。ノックスをだっこするにはその袋をどこかに置かなければ。対面を果たした次はだっこをすることになるだろうだから――彼が勇気を奮い起こせたらの話だけれど。今の彼はまだ子供と触れ合うことを怖がっているように見える。「さあ、リビングルームはこちらよ。荷物をおろして楽にしてちょうだい」

バイオレットはエイダンを促して奥へ進んだ。廊下の先にはモダンな空間が広がっていて、角部屋の壁二面に床から天井近くまでの高さの窓があり、そこから光がたっぷり差し込んでいる。部屋の中央には座り心地のいい白いソファのセットが置いてあり、その上に並べた青いクッションが、白とグレーで統一された部屋のアクセントになっている。

「赤ちゃんと接する機会は多いほう？」バイオレッ

トは訊いた。エイダンは子供の扱いが上手なのかどうか知りたかった。小さな弟や妹の世話をしたことがあるとか、わたしが知らないだけでノックスのほかにも子供がいるとか？　バイオレット自身は親友のエマに娘ジョージェットが生まれるまで、赤ちゃんを抱いたことさえなかった。

「いや、ほとんどない」エイダンがようやく返事をした。「ぼくは一人っ子だし、子供もいないから。この子が初めての子供だよ。要するに、赤ん坊にどう接したらいいのかさっぱりわからない」

バイオレットは笑みを浮かべた。財団のオフィスに入ってきた当初のエイダンは身構えているような様子だった。きっと彼は、誰の手も借りずに自分でなんでもやってのけることに慣れているタイプなのだ。その彼がなりふりかまわず財団に助けを求めてきたのは、自分のプロジェクトを大切に思っているからだろう。そして彼はプロジェクトと同じようにノックスのことも大切な存在だと思っている。そうでなければ、子供の扱いに慣れていないことを素直に認めたりしないだろう。

「そのうち慣れるわ。わたしも最初はどうしたらいいのかよくわからなかった。この子はもう、小さくてか弱い新生児じゃないから、そんなに気負わなくて大丈夫よ。たくましい子だし。同じ月齢の子たちと比べたらトップクラスの身長と体重なのよ」

エイダンはそれを聞いて、父親としての誇りに顔を輝かせた。「ぼくも子供のころから体が頑丈でね。フットボールでもそこそこの選手になれただろうけど、ずっと野球をしていたんだ」そして手提げ袋をコーヒーテーブルに置く前にバイオレットに中身を見せた。「ヤンキースのジャージとベビー用のグローブを持ってきた。ぼくが子育てにかかわるからには、まっとうに育てなくちゃと思ってね」

バイオレットはくすくす笑った。「うちはメッツファンじゃないから心配無用よ。実は新しいヤンキー・スタジアムのボックス席を財団が持っているの。だから息子と試合を観《み》に行きたいなら、席はあるわよ」バイオレットは腕の中でノックスの体の向きを変え、正面を向くようにした。「さあ、次の段階へ進みましょう。だっこしてみて。そうすれば不安なんてすぐに消えてなくなるわ」

とたんにエイダンの全身の筋肉に緊張が走った。肌の下で収縮する筋肉を見て、バイオレットの脳裏に彼の体のあちこちに触れた記憶がよみがえった。あの感触が恋しかった。でも今は、失ったものを思って感傷に浸っている場合ではない。バイオレットは雑念を脇に押しやり、息子をそっとエイダンの腕に抱かせることに集中した。

エイダンはしばらく緊張していたが、ノックスが気持ちよさそうに彼の胸に顔をすり寄せると、緊張も少しほぐれたようだった。膝にのせた息子を上下に軽くゆすってあやしている。ノックスは本能的に足の裏で父親の腿を蹴って飛び跳ねている。「よしよし、いい子だ」エイダンが言った。

バイオレットは少し離れて彼らを二人きりにさせてやり、目に浮かんだ涙を見られないようにした。にじむ視界に、ノックスがエイダンの頬の無精髭に触れてきゃっきゃっと笑い声をあげているのが見える。ノックスのまわりには男性があまりいないが、エイダンのことはもう気に入ったようだ。ひょっとすると本能で父親だとわかったのかもしれない。

二人が一緒にいるところを見ていると、バイオレットは胸がいっぱいになった。この一年半でいろいろなことがあったせいで、こんな瞬間を目にすることはないのかもしれないと思うようになっていた。ノックスの誕生以来ずっと罪悪感に苦しんできた。意図的にではないにせよ、ボーをだましたことになって申し訳ないという思い。子供の父親は誰かという重要なことを思い出せない情けなさ。息子は父親の顔を知らないまま成長し、父親は息子の存在を知らずじまいになるかもしれない。それもこれもタクシーの運転手がいらいらしていたせいで、わたしの記憶がきれいさっぱり消えてしまったからだ。

やがてエイダンがオフィスに現れたおかげで、悩みを一掃できる可能性がにわかに出てきた。ここでやり直して、もともと進むべきだった方向へ向かうチャンスが与えられたのだ。父親と息子のこんな感動的な対面の瞬間を目にすることができて、これ以上ありがたいことはない。この思い出は一生大切にしよう。

そのとき、ノックスがエイダンのポロシャツの胸元にアップルソースを吐いた。

3

「シャツは乾燥機に入れたから、帰るころには着られるはずよ」ノックスを抱いたバイオレットが部屋に戻ってきて言った。

アップルソース事件のあと、エイダンがノックスと遊んでいるあいだにバイオレットはあたりをきれいにし、汚れた衣類を洗濯機に放り込んだ。それからノックスを胸に電車の刺繍《ししゅう》が入った服に手早く着替えさせた。

「あなたが着られそうなものが本当に一枚もなくて」バイオレットはエイダンの裸の胸に視線を走らせ、それからあわてて肩の向こうの壁に飾られた絵へと移した。「散らかっていてごめんなさい。子供がいると、なかなか思うようには片づかないの」

「ぼくが悪いんだ」エイダンは謝った。「食べてからどれくらいたっているか知りもしないで赤ん坊を跳ねさせるなんて、ばかだった」

「でもこれで、初めて息子を抱いたときのことは絶対に忘れないわね」バイオレットがくすくす笑いながら言った。

「忘れるはずがないよ。アップルソースを浴びなくたって、これは重大なできごとなんだから」

その言葉でバイオレットの表情が曇るのがわかった。軽いユーモアを交えて話していた彼女はどこかへ行き、考え込むように視線を床に落としている。急にどうしたのだろう？　息子の人生最初の数カ月をぼくが見逃したことが彼女を悲しくさせているのか、それとも、とうとうぼくに見つかってしまったことが悲しいのか？　いずれにしろ、ぼくが思いがけず現れたことで彼女の人生が複雑になったことは確かだ。

エイダンはこの機会にバイオレットをじっくりと眺めた。こんなチャンスは長いことなかった。ベッドをともにしたときには、そばに横たわって彼女の顔のすみずみまで記憶に焼きつけようとしたものだ。黒い眉は優美なアーチを描き、濃いまつげの先が眠るときには頬に触れ……。

今日の彼女は以前とは違って見える。〈マーフィーズ〉で出会ったあの夜と同じく、きちんとセットした髪にフルメイクを施し、頭から爪先まですきのない装いをしているものの、何かがおかしい。あの夜、ぼくの腕の中で眠っていたときのほうが穏やかな顔をしていた。今はストレスにまみれた生活をしているのか、目のまわりや額にしわが刻まれている。産後でふっくらしていてもいいはずなのに、前よりもやせたように見える。げっそりしていると言ってもいいくらいだ。疲れきっている感じがする。きっとの一年半、つらい思いをしてきたに違いない。

ぼく自身も、そうは見えないかもしれないが、つらさを味わってきた。三年前の父の死によって、ぼくの人生は一変してしまった。もっとも、それは青天の霹靂《へきれき》というわけではなかったので、立ち直ることができた。

だが、そうこうするうちに母が病気になった。

自営業だったため、医療保険の見直しをしておらず、医療保障制度の改革も母の状況ではほとんど助けにならなかった。母が入っていた保険は掛け金のいちばん安い緊急事態用のプランで、母の経済状態ではそれが精いっぱいだったのだ。だが、いざ病気になってしまうと治療費をカバーできず、最高の治療など望むべくもなかった。母の病気にめざましい効果をあげる薬があっても、巨大製薬企業はたった一回の投薬に何千ドルも請求する。研究開発にかかった費用を取り戻さなければならないというのが彼らの言い分だ。

州営の病院で母が衰弱していくのをただ見ているしかなかったとき、エイダンは生まれてこのかた、これほど自分の無力さを思い知らされたことはなかった。父は酒で命を落としたわけだが、母は何もしていない。ただ貧しくて、自分を救ってくれたであろう治療費を工面できなかっただけだ。

亡くなる前に、母はエイダンが管理できる仕事を残していった——更生施設を開くことだ。母はそのアイデアを温めてきたが、最後までやり抜くことができなかった。だがエイダンならできるし、バイオレットの財団の助成金を得てやり遂げるつもりだ。人生は妙な具合につながっていくものだ。

あくびをするノックスを見てバイオレットが言った。「お昼寝の時間みたい。寝かしつけるのを手伝ってくれる?」

エイダンは二人を見上げてほほえんだ。「もちろん」そう言ってノックスを抱き取った。

着替えてきれいになった赤毛の赤ん坊は、むにゃむにゃ言いながら、満足そうにエイダンに抱かれた。赤ん坊に接する機会は多くなかったエイダンだが、彼が抱こうとしてうまくいったためしはなかった。息子にいやがられなくてよかった。自分もこうして息子を腕に抱けてうれしい。ノックスはベビーシャンプーとタルカムパウダーの混じった匂いがした。なじみのない匂いだが、なぜか心が安らぐ。ノックスは満ち足りた様子でエイダンの胸にもたれると、拳を口に押し込んだ。

「胸毛をつかまれないように気をつけて」バイオレットが言った。「子供部屋へ行きましょう」

大事な胸毛を心配そうに見つめながら、エイダンはバイオレットに歩調を合わせてついていった。上階へ行って廊下を進み、ドアを開けると、そこには広くて美しい子供部屋があった。グレーと白のシェブロン柄に、あざやかな黄色と紺色が差し色で使われている。カーテンには象が描かれ、部屋の隅に大きな象のぬいぐるみが置いてあった。これ以上の子供部屋は考えられない。

バイオレットは大きな白いサークルベッドの前で足を止めた。寝具にも象の模様がある。ベッドの上のモビールのスイッチを入れると、さまざまな色や大きさの象たちが優しい音楽に合わせて円を描いて踊り出した。

「ここへ寝かせてくれるかしら」バイオレットが言った。「そうすればすぐに寝つくわ」

エイダンはベッドに息子をおろした。昼寝が必要なのはわかっているが、まだ離れがたい。ノックスにはまた会えると自分に言い聞かせなければならなかった。

ノックスはしばらくもぞもぞ動いていたが、やがてバイオレットが差し出したおしゃぶりをつかんだ。

そして満ち足りた様子でそれを吸ううちに目がゆっくり閉じた。

「ほらね。この子はお昼寝が好きなの」

「父親に似たんだな」エイダンは笑みを浮かべて言った。

バイオレットもにっこりした。「行きましょうか」

そっと子供部屋を出ると、バイオレットはドアを閉めた。だがリビングルームへ戻るのではなく、子供部屋の向かいにある部屋へと進んだ。そしてドアを開けると、そこが彼女のベッドルームだとわかり、エイダンは面食らった。

なぜベッドルームに入ろうとしているのだろう？

バイオレットはためらいもせず、こちらを振り返ることもなく、中へ入っていった。エイダンは廊下に立ちつくしたまま、どうするべきか迷っていた。

ノックスのことを知る前、バイオレットのオフィスで彼女を問いつめたことがあった。きみは今もぼくに惹《ひ》かれているのかと。実際は訊《き》く必要もなかったのだが。頬を赤く染めて落ち着きなく唇を噛《か》む彼女の様子から、まだ自分を求めていることはわかっていた。ただ、彼女にそれを認めさせ、声に出して言わせたかったのだ。

バイオレットはついにこらえきれず、まだ彼が欲しいと認めたが、それきり会話は脱線し、その話題にまた戻ることはなかった。今からここであの続きを始めようというのか？

バイオレットのことはよく知らない。まったく知らないと言ってもいいほどだ。だが、金持ちで完璧主義者らしきこんな美女が、子供が廊下の向こうで昼寝しているあいだに自分のベッドルームへ男を誘い込むなんて信じられない。もちろん、それならうれしいが、そんなことはありえない。

「エイダン、入っていいわよ」部屋の奥からバイオレットが声をかけてきた。鏡つきの大きなオーク材のドレッサーの前に立っている。二人のあいだにあるクイーンサイズのベッドは布張りのヘッドボードがついていて、花柄のフラシ天のベッドカバーの上にさまざまな色や大きさの枕が十個ほど置かれていた。どうやら金持ちは枕に散財するのが好きらしい。

エイダンはドア枠をつかんで、そこに踏みとどまった。中へ入ってしまったら、彼女に触れずにいられる自信がなかった。ここからでもすでに、なじみのある彼女の香りが室内に漂っているのがわかる。なんとも誘惑的な香りだ。

「そんなことをしていいものかどうか」

バイオレットが眉をひそめてこちらを見た。その視線は再びエイダンの胸へと向かい、そこでしばらくとどまった。それから二人の目が合ったとき、エイダンにはバイオレットが彼の肉体に見惚《みほ》れながら何を考えていたかわかった。そうなっては二人ともが困るようなことを考えていたのだ。また頬を赤く染めて、乾いた唇をなめているのがその証拠だ。彼女の気持ちはエイダンにも理解できた。自分もここに着いてからというもの、そんなことばかり考えているからだ。彼女は半裸ではなく、きちんと服を着ているというのに。

「ドレッサーに着られる服がないか探してあげているだけよ、エイダン。あなたを誘惑しようとしているわけじゃないわ」

エイダンは腕を組み、考えるふりをした。彼女の言葉を鵜呑《うの》みにはできない。「本当かな？　喉が渇いてたまらない人が冷たい水の入った大きなグラスを見るみたいに、ぼくのことを見つめていたくせに。実を言うと、ぼくもひどく喉が渇いているけどね」

「見ていたと言っても、ただ見ただけよ」バイオレットはドレッサーに向き直ると、たたんだ服を取り出した。「そんなふうに半裸でいられたら、どうしたってそこへ目が行ってしまうわ。さあ、これを着て。わたしが持っている中でいちばん大きくて男性っぽいシャツよ。お願いだから着てちょうだい」

バイオレットがエイダンにシャツを投げてよこした。エイダンはそれを受け取ると、広げてみた。彼女の持っている中でこれがいちばん大きくて男性っぽいというのなら、いったい残りはどんなものなのか想像もつかない――レースやリボンやスパンコールがついたものだらけなのか？　一つ確かなのは、このTシャツが小さすぎることだ。自分は肩幅が広くて胸も厚いので、ウエストは細めでもトップスはXLでないと入らない。このシャツはMサイズ、それも女性用のMサイズだ。おまけに紫がかった色ときている。唯一許せるのは、正面に書かれた黒いロゴが一度か二度は演奏を聴いたことがある地元のロックバンドの名前だという点だ。

「小さすぎるよ」

「着て。お願いよ」

「破れそうだ」

「かまわないわ。シャツが乾くまで、とにかくそれを着ていて。いやなら、ピンク色のシルクのバスローブしかないわ。どっちでも好きにすればいいけど、何か着てもらわないと」

訴えるような目を向けられて、エイダンも知らん顔はできなかった。バイオレットがなんとか彼の体に惹かれまいと必死なのがわかる。彼女がそういう気持ちになるのには多くの理由があるのだろう。息子の養育をめぐる問題を複雑にしたくないのかもしれない。ほかの誰かとつきあっている可能性もある。あるいは、しがないパブ経営者に惹かれるなんて、自制心のない自分が恥ずかしいと思っているとか。

エイダンは肩をすくめてみせると、Tシャツを頭からかぶろうとした。簡単にはいかなかったものの、何度か引っぱったり、うなったりしているうちに、なんとか腹部をほとんど隠すところまで引きおろすことができた。「よし、着られた」

バイオレットがすぐに返事をしないのでエイダンが目を上げてみると、意外にも彼女の顔には呆然《ぼうぜん》とした表情が浮かんでいた。手の関節が白くなるほどぎゅっとベッドのフットボードを握っている。

「どうしたんだい？」エイダンは自分の姿を見おろしてみた。何が問題なのかはすぐにわかった。シャツがきつすぎるのだ。まるで素肌にペンキで描いたみたいにぴちぴちだった。筋肉の動きや六つに割れた腹筋が、無理やり着せられたシャツのせいでことごとく強調されている。彼女の案はみごとに裏目に出てしまった。

「最悪。バスローブにするべきだったわ」バイオレットはため息をついて首を振った。「やっぱり脱いで。ぜんぜん役に立っていないから」

「パンツもかい？」エイダンはいたずらっぽく笑って言った。

バイオレットは唾をごくりとのみ込んでから首を振った。「だめ。シャツだけよ」

今のところはね。心の中でにやりと笑いながら、エイダンは紫色の生地を肩まで引き上げた。

「今週は音沙汰なしだったわね、バイオレット」いつもの女子会の夜、ドライメルローを飲みながらハーパーが言った
「ノックスはもう歯が生え始めたの？」エマが尋ねた。「ジョージェットがそうだったときは、夜ちっとも寝てくれなくて、それでわたしも眠れなかったから。何週間もゾンビみたいな状態だったわ。昼間はベビーシッターの手伝いがあっても」
「わたしもそうなると思っておいたほうがいいってことね？」ルーシーが気づかわしげに眉根を寄せて尋ねた。
「しかも二倍よ」ハーパーがすました笑みを浮かべ

て指摘した。彼女はグループ内で唯一の独身で、出産を控えていない。だから充分に休養を取り、スレンダーで、どこから見てもすばらしい生活を送っているのがわかる。「エマやバイオレットよりずっと大変なことになると覚悟するべきね」

「ご指摘どうもありがとう」ルーシーはいつもの甘口のロゼの代わりに注文したレモン入りのペリエのグラスに向かってつぶやいた。彼女はハーパーの姪《めい》と甥《おい》を妊娠中で、三十五週目になる。ハーパーの兄オリバーと数カ月前に結婚し、双子の誕生を心待ちにしている。

「わたしはそのためにいるのよ」ハーパーが茶化して言った。「それでまじめな話、バイオレット、その後どうなの?」

バイオレットは、友人たちがもっと軽口をたたき合ってくれれば、ハーパーの鋭い質問に答えなくてすむのにと思った。だが、残念ながら彼女たちがこのまま放っておくはずはないとわかっている。

そろそろみんなに真実を打ち明ける潮時かもしれない。バイオレットは深呼吸をして話し始めた。「ノックスは歯が生え始めているわ。でも、話はそれだけではないの。ほかにも報告があって」

「そうなの?」エマが最新ニュースを聞こうと、興味津々の様子で身を乗り出した。「どんなこと?」

「ボーがまた嗅ぎまわり始めたんじゃないでしょうね?」ルーシーは心配そうだ。

この半年のあいだにボーは何度となくバイオレットとよりを戻そうとしてきた。ノックスが自分の息子でないことを知りながら、このまま婚約を続けて結婚することに異存はないというのだ。彼女を愛しているからノックスの父親が誰だろうとかまわないと。親子鑑定を求めたのはバイオレットで、自分の予想どおりの結果が返ってきたとき、指輪を返し、すべてを終わらせたのも彼女だった。ボーはバイオレットの両親と同じくらいこの顛末《てんまつ》に不満そうだったが、別れるしかないことは明白だった。

「いいえ、ここ数週間はボーから連絡はないから助かっているわ。これは本当にいい知らせよ。記憶喪失の面で大きな進展があったの」

「何か思い出したのね？」ルーシーが茶色の目を大きくして言った。

バイオレットはうなずいた。「全部じゃないけどね。でも、最も重要な部分は思い出せたと思う」

「ノックスの父親も？」エマが息せききって尋ねた。

「ええ」

親友たちは興奮して歓声をあげ、レストランの店内にいる人々の視線を集めてしまった。矢継ぎ早に質問が繰り出され、バイオレットは答えるひまもないありさまだ。

「ちょっと落ち着いて、そうしたら全部話すから」

バイオレットは手を上げて、友人たちの質問のスピードを落とさせた。そしてシャルドネを一口ごくりと飲んで覚悟を決めた。「このあいだの月曜日に、一人の男性が財団へやってきたの」

「その人は赤毛だった？」ルーシーが尋ねた。

「バイオレットに話をさせて」ハーパーが叱る。

「そう、赤毛だったわ」バイオレットは言い合いに割って入った。「それにノックスと同じブルーの瞳で。それでも最初は誰だかわからなかった。だけど、向こうはわたしを知っていた。わたしが事故に遭った朝、彼のもとから逃げ出したと思っていたみたい。捜したくても捜す手立てがなかったと」

「いつ記憶を取り戻したの？」エマが先を促した。

「相手が名乗ったときよ。突然、バケツをひっくり返したように記憶がどっとよみがえってきたの。彼と過ごしたすばらしい二日間のことをほぼすべて思い出した。その時点で、彼がノックスの父親であることに疑いの余地はなくなった」

「まあ、どうしよう」ルーシーが息をのみ、大きなおなかをかかえた。「刺激的すぎて陣痛が始まっちゃいそう」

「ちょっとやめてよ！」ハーパーの目がうろたえている。「双子にはまだそこにいてもらわないと」

「これであなたもほっとしたでしょうね」エマがほかの二人を無視してバイオレットの手を取った。「やっと子供の父親が誰なのかわかって。一年半ものあいだ、よく不安に耐えてきたと思うわ。わたしの場合は妊娠からジョナを見つけるまでにかかったのは三カ月だけだったから」

「わたしは耐える以外にできることがなかっただけよ」バイオレットはたいしたことではないというように肩をすくめて言った。最後の半年間はたしかにつらかったけれど、脳がその秘密を明かそうとしない以上、できることはあまりなかったのだ。

「彼の名前は？」ハーパーが尋ねた。「ジョナにお願いして〈フリンソフト〉社で彼の身辺調査をしてもらったらどうかしら」

「その必要はないと思うわ。彼から受け取った助成金の申請書に情報が充分に載っているから。名前はエイダン・マーフィーよ」以前一緒に過ごしたときには個人的な情報をあまり教え合わなかった。書類に目を通すまでは彼の名字も知らないままだった。

「それで、ノックスのことは彼に話したの？」ルーシーが尋ねた。

バイオレットはうなずいた。「彼がデスクの上にあったノックスの写真を見て、わたしが教えるまでもなく理解したの。それでわたしも打ち明けることになって……」

それから一時間、エイダンと再会したあとどうなったのか、彼と息子は初対面をすませたのか、などと、友人たちはバイオレットを質問攻めにした。メインの料理を注文するあいだだけは中断したものの、前菜を食べ、飲み物のお代わりを注文するあいだも質問は続いた。

「わあ」バイオレットが話し終えると、ハーパーが言った。「ほかに何か思い出したことは？　エイダンと過ごしたのは事故前の二日間だけなんでしょう？　その前に何があったかは覚えていないの？」

「それはまだ思い出せないの」バイオレットもそこが気になってはいたものの、エイダンとのことで忙殺されていて、あまり考える時間がなかったのだ。何かがわたしを酒で悲しみをまぎらせたい気分にさせ、〈マーフィーズ〉へ向かわせた。それがなんなのか知りたかった。それでも、一つ大きな進歩を遂げたのだから、とりあえずはこれでよしとしよう。いずれすべてを思い出すときが来るだろう。

「あまりうれしそうではないわね」エマが指摘した。

「もっと大喜びしてもよさそうなのに、今までわたしたちに話してもくれなかった。一週間近くも黙っていたなんて。何か隠していることがあるんじゃない？」

そのことに気づかないでほしかったが、彼女たちなら気づかないわけがない。「たぶん、この展開に圧倒されているだけよ。受け入れるのが大変なの。生まれた日からずっと独り占めしてきたノックスを、今後は父親と共有しなければいけないから」

ハーパーが首を振った。「それだけじゃない。ほかにも何かあるはずよ。エイダンのことをご両親にはもう話したの？」

「とんでもない！」バイオレットは叫んだ。「まずはエイダンとわたしとでノックスの養育の条件について話し合って、弁護士も入れて話をまとめたいの。両親に状況を知らせるのはそれからよ。わたしの両親がどんな人たちかは知っているでしょう。それに、二人は今ドバイにいるの」

「ご両親がたとえ隣のテーブルにいても問題ないよ

うな気がするけど。本当は何を隠しているの？　エイダンに何か問題があるとか？　変な人なの？　うっとうしい？　共産主義者？」

「何も問題はないわ。予想していたタイプと違っただけ。わたしが普段おつきあいしているような人じゃなかったから」

「あなたが普段つきあうような男は、ろくでなしよ。だから、いつもと違うのはいいことじゃない？」ハーパーは今夜も遠慮がない。

「ボーはろくでなしではなかったわ」バイオレットは反論した。「わたしたち、条件的にはぴったりだった。ただ、実際に暮らすとうまくいかなかった。エイダンは……」

「貧しい？」ルーシーが口をはさんだ。

バイオレットはルーシーの顔を見た。そんな言い方はよくないと彼女に言いたいところだった。尊大にもほどがある。ルーシーだってそもそもは裕福でもなんでもなかった。雇い主――ハーパーの大おばから財産を相続するまでは。おそらくエイダンよりも資産は少なかったはずだ。

「貧しいという表現はちょっと違うわ」バイオレットは言った。「彼はお店を経営しているの。ただ、わたしが普段おつきあいしているような男性たちとは違う社会にいる人よ」

「それで、彼はどんなお店を？」

「バーよ。正確にはアイリッシュ・パブね」

「だからご両親に話していないし、わたしたちにも言いそびれていたのね」ハーパーの口調はとがめるようだ。「どこかのセクシーなバーテンダーと浮気したってことだものね！」

4

女子会から二日が過ぎたが、友人たちの言葉がまだバイオレットの頭の中でこだましていた。エイダンのことを隠していた。両親にも友人にも話さなかったのは、バーテンダーとつきあっていることを恥ずかしく思っているからだと。もしかすると、それがわたしの本心なのかもしれない。

いや違う。そんなことはありえない。エイダンがただのバーテンダーではないことは知っている。熱い夜の記憶とともに、そのとき交わした会話のいくつかがよみがえってくる。彼が賢く、有能で、思いやりのある人なのは確かだ。ノックスにとってすばらしい父親になれる人物だ。

それでも、両親に彼のことを話すつもりはない。

本当のところ、問題はエイダンではないのだ。問題なのは両親のほうだ。彼らは優雅に世界じゅうをプライベートジェットで飛びまわり、一年の大半は娘のことなど忘れている。そして、会えば粗探しをしてくるか、贈り物の山を押しつけてくるかだ。贈り物は自分たちの良心のとがめを和らげるためであり、娘への賄賂でもある。バイオレットがまだ回復室で休んでいるときに父が訪ねてきて、ボーと結婚して彼が子供の父親だと世間に公表することに同意すれば、豪華ヨットを贈ると持ちかけてきた。

バイオレットはその申し出を断った。

生まれて初めて、断固として両親の提案に反対した。二人は娘の拒絶をどう受け止めるべきかよくわからなかったのだろう。娘にはダイヤの腕時計を贈り、ノックスのために信託財産を用意すると、また機上の人となってどこかへ行ってしまった。

両親が娘を愛してくれていることは、バイオレットも実のところはわかっている。だが、彼女がずっと求めているような、親子のふれあいをしたり、愛情を示したりするような親ではなかった。ノックスにはそういう親が望ましい。エイダンならノックスに必要な温かい父親像を示してくれるだろう。

そんな彼のよさを両親が理解してくれるとは思えない。娘を評価するときと同じように、彼の欠点にしか目を向けないだろう。エイダンにはもう充分にひどい思いをさせてしまった。エイダンがわたしの両親から執拗《しつよう》ないやがらせを――機会があるごとにボーと比較して、彼の職業や家族や生い立ちをけなすような仕打ちを受けるいわれはない。両親にはわたしの記憶はまだ頭のどこか暗い片隅に埋もれたままだと思わせておくほうがいい。

だが、弁護士とは話をした。それで弁護士の勧めを実行するにあたってエイダンと話をしておきたかったので、開店前の〈マーフィーズ〉に立ち寄ることにした。エイダンからは、店のドアに鍵はかけないでおくので、いつでもどうぞとメールがあった。

パブの前に着くと、強烈なデジャヴに襲われた。ここでわたしの人生は一変したのだ。重いドアを押して中へ入ると、店内には懐かしい香りと音が漂っていた。バーカウンターの後ろにエイダンがいて、食洗機から取り出したグラスを磨き、それぞれの置き場所にしまっている。

「ようこそ、〈マーフィーズ・パブ〉へ」温かな笑顔で迎えられて、バイオレットは下腹部がうずくのを覚えた。

二人が出会った夜、彼に引きつけられたのは、たぶんこの笑顔のせいだ。エイダンは磁石みたいな力を持っている。今も、必死にあらがおうとしてもその力に引かれているのを感じる。もちろん、息子の父親としてエイダンが必要だ。そして、跳ね上がった脈と胸のうずきが示すとおり、自分自身のために今もなおエイダンを求めている。でも、二人の関係が長く続く可能性はあるのだろうか？

その自信はない。二人は住む世界が違う。ニアルコス家のような超富裕層の人々とつきあうのはエイダンには窮屈かもしれない。その先になんの約束もない週末だけの関係なら、そうした違いを無視するのは簡単だったとしても、一生となると話は別だ。そのうちに問題が起こるだろう。

「ノックスはどこにいるんだい？」デザイナーズブランドのハンドバッグしか持たずに来たバイオレットを見て、エイダンが訊《き》いた。

「タラと一緒にいるわ」父親に会わせるためとはいえ、六カ月の子供をパブに連れてくるのはどうかと思ったのだ。バイオレットはふいたばかりのカウンターにバッグを置くと、その前に並んでいる使い込まれたスツールに腰かけた。

「タラって？」

「ベビーシッターよ」

エイダンが奇妙な表情を浮かべた。驚きと腹立たしさで物が言えないというような顔をしている。こんな当たり前のことになぜそこまで困惑するのか、バイオレットには理解できなかった。子供の世話を手伝う人がいることは予想していたはずだ。わたしは独身のワーキング・マザーで、昼間は誰かにノックスの面倒を見てもらうしかないのだから。

「なんなの？」とうとうバイオレットは尋ねた。「何か言いたいことがあるのなら言って」

エイダンはため息をついて、バイオレットのそばのスツールに腰かけた。「そのタラという人のことはよく知っているのか？　身辺調査はした？　ほかの家に信用照会はしてみたかい？」

バイオレットは憤りを覚え、首を振った。彼はわたしが通りすがりの適当な人に自分の子供を預けると本当に思っているのだろうか？「全部、イエスよ。あなたのことはほとんど知らないけど、タラのことはよく知っている。彼女はあらゆる面で適格だし、すばらしい人よ。だから、その偉そうな父親面はやめてちょうだい」

エイダンはバイオレットの言葉を受け流した。

「つい気になってね。こういうことに不慣れなせいとはいえ、こんなに早く育児パニックに陥るものかと自分でもびっくりしているよ」

「わかるわ。わたしも病院で新生児検査のためにノックスを腕から取り上げられたときは心配になったもの。返してもらったときには涙が出そうだった。こんなに人を愛したことはないわ。あの子を一目見た瞬間からいとおしくてたまらないの」

エイダンの目に悲しげな影が宿るのが見えたが、彼はそれを振り払うと、いつもの明るい笑顔に戻った。彼が失った六カ月を取り戻せたらとバイオレットは願わずにはいられなかった。

「さて、何を飲む？」話題を変えようとエイダンが訊いた。

「甘い飲み物はあるかしら？」

「マグナーズのハードサイダーがあるよ」

「それにするわ」バイオレットが厚紙のコースターを手に取り、無意識に指でまわし始めると、エイダンはカウンターの向こうへ移動して、タップからハードサイダーを注《つ》いだ。

エイダンは彼女の前にあるナプキンにグラスを置いた。「さっき電話をくれたとき、弁護士と話をしたと言っていたね。ぼくたちの状況について何か言われたのかい？」

「子供の養育に関する合意書の草案を進めているので、二人でそれに目を通して、修正があればしてほしいということだったわ。それと、彼のアシスタントからあなたに、親子鑑定を受ける時間と場所について連絡があるそうよ。以前ボーも鑑定を受けたので、ラボはもうノックスの遺伝子の分析表は持っているの。普通は最初に親子鑑定をするのよ」

「わかった。だけど、毎月の養育費とかそのあたりのことも知っておきたい」

「弁護士には養育費を請求するようには言っていないわ」

エイダンは赤毛の眉をひそめて彼女をじっと見つめた。「どうして？　ぼくは当然のこととして息子を援助するつもりだよ」

バイオレットは不安で胃が締めつけられる思いだった。お金の話をするのは嫌いだ。とりわけ、自分のお金の話は。抽象的に一族の資産のことや財団の話をするのはいいのだが、自分の個人的な資産の話をすると、ろくなことにならない。資産額がどれくらいかを知ると、みんなの見る目が変わるのだ。あの夜、〈マーフィーズ〉が閉店したあとに、わたしを見つめたエイダンの目が好きだった。彼のブルーの瞳には純粋な欲望しか映っていなかった。今も、カウンターの向こうからその瞳がわたしの姿をほれぼれと眺めているのが見て取れる。それは変わってほしくない。だが、気まずい会話を終わらせるためだけに彼のお金を受け取るわけにはいかない。

「必要ないのよ、エイダン」バイオレットはようやく言った。「あなたは更生施設を開いて、このパブの経営も続けていくのだから、そのお金はほかでもっと有効に使って」

「ぼくに払わせてくれ」無精髭《ひげ》の生えた角張った顎を引きしめてエイダンは言いつのった。「ぼくは父親だ。いざというときに知らん顔をしていたとか人に言われたくない」

「わたしだって、あなたからなけなしのお金をもらうつもりはないわ。本気よ」バイオレットは断固として譲らないというように腕組みをした。

エイダンは店内を見まわし、両手を広げた。「いいかい、バイオレット、たしかにきみは裕福だ。家はこの店より大きいし、ベビーシッターでもなんでも雇える。だけど、ぼくは――」

「単に裕福というレベルじゃないの」バイオレットは話をさえぎった。たしかに、実にすばらしいアパートメントに住み、必要なものや欲しいものはほぼすべて持っているが、マンハッタンの水準と比べると控えめな生活を送るようにしてきたつもりだ。いくつもある両親の家はどれも贅沢《ぜいたく》すぎて、友達を呼ぶのは恥ずかしかった。寄宿学校に入っていた十代のころは、お泊まり会は一度もしなかった。両親が家にいないのでお目付け役がいないからではない。金ぴかの家具や玄関ホールに置かれたギリシアの神の大理石像を、クラスメートに見られたくなかったからだ。これ見よがしに富をひけらかすような装飾は、気恥ずかしくてしかたがなかった。

「エイダン、わたしはこの国で最も裕福な女性の一人なの」バイオレットは控えていた言葉をとうとうぶつけた。「資産は数十億ドルよ。桁が違うの。あなたにわかっておいてもらう必要があるから率直に言わせてもらうわ。あなたのお金はいらないっていうのは、ただの社交辞令じゃないの」

「彼女は億万長者だったのか?」

常連客の一人のスタンリーが億万長者という言葉を大きな声で言ったので、エイダンは顔をしかめた。

「なあ、もう一回叫んだらどうだ、スタン。今の声では店内に行き渡らなかったかもしれないから」

「悪かった」スタンリーは謝ると、濃い茶色のギネスビールをごくりと飲んだ。「てっきり自慢しているのかと思って。おれならセクシーな億万長者とつきあえたらうれしいし、屋上から叫ぶだろうな」

「あんたはどんな女とつきあっても屋上から叫ぶだ

ろう」

　スタンリーはくっくっと笑って、もう一口飲んだ。

「そうかもな。だけど、金持ち娘の何が悪い？」

「何もかもだ」声に出して認めたくはなかったが、自分は実のところ、金持ち連中が好きではない。ブルーカラーと呼ばれる人々――自らの手を使って働き、喜んで人助けをする善良な人々といるほうが居心地はいい。

　彼らの友情には下心がなかった。相手を利用して一儲《ひともう》けしようとか、社会的地位の上昇をはかろうとか、そういう考えがない。ほとんどの人が、自分が上流階級に入ることはないし、金持ちになることもないと知っていて、それでかまわないと思っている。エイダンは高みを目指し、自分と母のために状況をよくしようと努め、成功していた。マディソン・アベニューでも大手として名の知れた広告代理店に勤めていたので、金も役得もたくさんあった。

　だがエイダンは、〈マーフィーズ〉でカウンターの後ろにいるほうが幸せだった。上流社会を味わったこともあるが、期待していたよりもずっと酸っぱいものだった。ここなら、まずいものに行き当たれば、ビール樽《だる》を交換するだけで問題は解決する。

「それって、おまえと気取り屋のアイリスの件だろう？」

　元婚約者の名前を聞いて、エイダンは顔をしかめた。「その名前を二度と口にしないという約束で五十ドル払ったじゃないか」

　スタンリーは無精髭の生えた顎を撫《な》でて考え込んだ。「おまえは払うと言ったが、おれの記憶ではもらっていないぞ。だからもう一度言ってやる。アイリスとの別れでつらい目に遭ったもんだから、おまえは恨んでいるんだ」

　恨んでいる？　エイダンはスタンリーの選んだ言葉について考えてみたが、すぐにそれを受け流すことにした。「そうかもしれない。愛してくれているると信じていた婚約者が自分を捨てて、もっと裕福で成功している上司のもとに走ったら、誰だって恨みたくもなるだろう?」

「上司じゃない」スタンリーが指摘した。「そのころにはおまえはこの店を継ぐために代理店を辞めていた。彼女が別れ話をしにここへ来ただろう」

「細かいな。それより大事なのは、ぼくの父が亡くなって何日もたたないうちに彼女が別れを決めたことだよ。言うなら、彼女は結婚相手がパブ経営者じゃ不満だったってことだ。広告代理店の有能な重役でないぼくには興味がなかったと」

「なんて薄情な女だ。だがどういう根拠で、今度つきあうことになった相手も同じようなことをすると思うんだ?」

「思っていないさ」エイダンは首を振った。「富裕層に対して漠然と不信感を抱いているだけだ。金持ちはますます豊かに、貧乏人はますます貧しくなる、そんなしくみを金持ちは喜んで維持していく。それはともかく、ぼくは今バイオレットとつきあっているわけじゃない。関係があったのは確かだ。テキーラと避妊具の三パーセントの失敗率のせいで子供ができた。彼女は関心がないと思うな、その……」

「定期的にバーテンダーとやることに?」

「スタン、言葉の選び方が絶妙だな。でも、そうだ。ぼくたちの情事は過去のこと。現在の関係はまったく違うものなんだ」

「だからといって、関心がないとは限らないぞ」

「彼女は自分が妊娠しているとわかったとき、ぼくを捜しまわったりしなかった。普通は捜すものだろう? きっと彼女は、ぼくのことをまわりに打ち明けるのが恥ずかしかったんだ」

「頭を打ったか何かしたんだろう」

「彼女はそう言っている」

「信じないのか？」

　エイダンはため息をつき、カウンターに肘をついた。「どうかな。あまりにも突飛な話だからね。こう考えるほうがよほど簡単だ。ぼくと出会ったことを忘れてしまいたいと思っていた彼女は、ぼくと再会して困った。そこで、自分がひどい人間だと思われないよう、とっさに記憶喪失を思いついた」

「あるいは、本当に事故に遭って忘れてしまっていたのかもしれないぞ。ばったり再会して以来、彼女はとてもよくしてくれているじゃないか」

　そのとおりだ。そこも問題だった。エイダンの知るバイオレットは、そんな話を作り上げるような女性には見えなかった。彼の名前を知って、過去のできごとがつながったことで心からほっとしている様子に見えた。

「じゃあ、これだけは聞かせてくれ」エイダンが質問に答えあぐねていると、スタンリーが言った。「おまえの気持ちはどうなんだ？　彼女とつきあうことに関心はあるのか？」

　顎を引きしめて、どう答えるべきか考えた。答えはたやすく出た。彼女が欲しい。欲しくないわけがない。だが、ぼくが欲しいバイオレットは、一年半前に店へふらりとやってきた女性だ。億万長者で社交界の華であるバイオレットは、同じように束縛されない自由な人なのか？　スタンリーが言ったとおり、ぼくは金持ち連中にいい印象を持っていない。それはアイリスとあのいけすかないトレバーのせいだけではない。一度ならず、倫理観より金を優先する人々に傷つけられてきた。バイオレットはその範《はん》疇《ちゅう》には入らないかもしれないが、確信は持てない。

「まだなんとも言えない」ようやくエイダンは答えた。「ぼくたちの関係は複雑だから」

「どう複雑なんだ？」

「彼女があきれるほどの金持ちであること以外にか

い？　今ぼくたちのあいだに何かが起こったら、共同養育の取り決めを複雑にしてしまう可能性があるっていうのはどうかな？」

「共同養育？」スタンリーは苦虫を噛《か》みつぶしたような顔で言った。「それはなんだ、子供を一緒に育てるってことか？」

「そう。今は、そんなふうに呼ぶらしい」

「おれがまだ若くて、女といろいろあったころは、そういうのは〝結婚〟と呼んでいたがね」

結婚？　人によってはそれが答えだと考えるのだろう。敬虔《けいけん》なアイルランド系カトリック教徒だった両親が今は墓の中にいて不幸中の幸いだった。さもなければ、自分たちの孫が婚外子だと聞いたら二人とも卒倒していたかもしれない。

「ああ、だけど、結婚なんて話は出てもこないし、そのことに驚いてもいない。彼女にぼくと結婚したがる理由があるかい、スタン？　子供を育てるのにぼくは必要ないんだ。彼女には自由に使える財産があるから。ぼくが今まで足を踏み入れたこともないようなマンハッタンの大きなアパートメント。住み込みのベビーシッター。彼女にしてみれば、ぼくが現れたために面倒なことになったという思いでいっぱいだろう。それでも、親切心からノックスの人生にぼくをかかわらせてくれている。彼女にも息子にも、ぼくが提供できるものは何もないのに」

「それは違うぞ」スタンリーは精いっぱい慰める口調で言った。年配で、がっしりした体をした荒っぽい建設労働者のスタンリーに慰め役は似合わなかったが。「おまえは子供の父親だ。息子のそばにいてやるのに金も一流の仕事も必要ない。父親であるだけで充分だ。それが重要なんだ。子供のために名門のプライベートスクールの学費を払おうとして小切手口座を空っぽにするより大事なことだ。金は彼女に任せて、おまえは自分の得意なことに集中しろ」

「得意なこと？　昔は必要でもない品物を人に買わせるのがうまかった。高校のときには野球のピッチャーとしてなかなかのものだった。ビールを注がせれば完璧だ。でも、そんなスキルはノックスが関係するところではなんの役にも立たない」

「自分なりの最高の父親になればいいんだ」スタンリーがぶつぶつ言う。「そんなに難しいことか？」

「わからないんだ。いい父親っていうのががどういうものなのか」

スタンリーは目を細めてエイダンを見つめた。

「おまえの父親は最高の手本とは言えなかったからな」スタンリーはエイダンが店を継ぐずっと前から〈マーフィーズ〉の常連だったうえ、父のパトリック・マーフィーと仲がよかった。「だが、おれはおまえが子供のころからよく知っているし、おまえはいい男に成長したよ、エイダン。おやじさんが死んだあと、この店を継ぐためにキャリアをあきらめた。おふくろさんが病気になると、その世話をした。いい父親になる方法はわかっているはずだ。おまえはいい人間だからな。おれが保証する」

エイダンはスタンリーの言葉をよく噛みしめてからうなずいた。「たしかに、金の有無にかかわらず、子供のそばにいてやることが何よりも大事だったりする。ただ、あの子のような場合にそれで充分なのかがわからないんだ」

「あの子のような場合とは？」

「金持ちの子供の場合だよ。ほかの父親のようにスポーツカーを買ってもやれないし、アイビーリーグ校へ入れてやることもできない。でも、息子とキャッチボールをしたいし、人生初のヤンキースの試合観戦にはぼくが連れていきたい。強くて立派な人間になるために知っておくべきことを教えてやりたい。大人になって財産を自由に使えるようになったとき、力を乱用しないように。それに、息子には普通の子供時代を送らせたい」

「普通ってなんだ？」

「生まれたその日に信託財産を用意するのは普通じゃない。寄宿学校も、住み込みのベビーシッターも、ポロ・チームのキャプテンになるのも」エイダンは首を振った。「ぼくが何を言おうと、何をしようと、息子は金持ちの坊ちゃんになってしまう。それが既定路線なんだ。ぼくにできるのは、甘やかされた鼻持ちならない坊ちゃんにならないよう、分別をつけさせることくらいだ」

「うまくいくといいな」スタンリーはグラスのビールを飲み干した。もぞもぞとスツールからおりると、上着を引っぱって戻した。

エイダンはスタンリーに笑いかけ、勘定を受け取った。「毎度ありがとう」

5

鳴り響く電話の音にバイオレットのいらだちはつのった――まただ。

今朝、キッチンへ入っていくと、濁った冷たい水が足首まで浸かるほどたまっていた。当然ながら、それで一日が台無しになってしまった。あちこちへ電話するだけでもかなりの時間を取られ、修繕業者に来てもらったり、保険会社へ提出する書類を作ったりもしなければならなかった。そうこうするうちに水は少し引いたものの、一時的に宿なしとなったバイオレットはひどくいらいらしていた。だから、ドアマンがさらなる来客を知らせてきたときには、とても受け入れる気分ではなかった。だが来たのはエイダンだったので、ともかく上に通してもらった。

バイオレットが玄関ホールで待っていると、エレベーターから降りてきたエイダンは、そこで立ちすくんだ。玄関ドアは大きく開け放たれ、工業用の大型送風機で木の床に風を送っている。

「いったいこれはどうしたんだ？」彼は送風機をまたいで部屋へ入ってきた。

バイオレットはため息をつき、災難に見舞われた場所を手で示した。かつてはキッチンと呼んでいた場所を。「上階のバスルームの配管が腐食して、夜中にとうとう破裂したみたい。それで水がもれて、この階の大部分が十センチくらい水に浸かったのよ。これこそは戦前の建物に住む醍醐味《だいごみ》と言えばいいのかしら。朝起きたらキッチンがめちゃくちゃになっているなんて、思ってもみなかった」

エイダンは難しい顔であたりを見まわした。「これを直すにはしばらくかかるな。木の床は張り替えが必要だ。すでにたわんでいる、床と天井の支柱の一部も。断熱材が壁の中の水を吸っているから、濡《ぬ》れてしまった石膏《せっこう》ボードの壁ごとはぎ取って、全部取り替えないとだめかもしれない。ことによると造りつけの家具も。大仕事になるのは間違いない」

「建築に詳しいの？」バイオレットは尋ねた。

エイダンは肩をすくめた。「それほどでもないが、あちこちで仕事をしたことはある。ハリケーン・サンディのときには父のパブが浸水して、修繕を手伝わなければならなかったし。母の家の改装も、資金が手に入ったらほとんど自分でするつもりだ。そうすれば、金をほかの有効な使い道にまわせるだろう。時間がかかるのはわかっているけどね。修繕業者からスケジュールは聞いたのかい？」

「いいえ。でも、だいたい一週間くらいで元どおりに使えるようにしてほしいと伝えてあるわ。いい仕事をしてくれたら、あとから別料金でキッチンの改

「泊めてくれる家族はいないのか？　ご両親は？」

バイオレットは手で口を覆って笑いをこらえながら、そっと首を振った。ほかに選択肢がないならともかく、荷物をまとめて家に帰るなんてありえない。たとえ両親が国外にいようと、わたしが家に帰れば彼らは家政婦にわたしの行動を監視させて報告させるだろう。そして、もしエイダンが訪ねてこようものなら、彼のことにも干渉してくるはずだ。

「いいえ、お断りよ。家に帰るくらいならホテルのほうがましだわ。両親がどういう人たちかは話したでしょう」

エイダンのブルーの瞳が答えを求めて部屋を見まわしたが、バイオレットには、たわんだ木やびしょ濡れの断熱タイルの中から答えが見つかるとは思えなかった。「それなら、ぼくのところはどうだ？」

バイオレットは言葉を失った。今度は彼女が顔をしかめる番だった。「あなたのところ？　ばかなことを言わないで。あなたの家の改装も発注するかもしれないって。どっちみち、いつかはそうしようと考えていたから」

「一週間でこの仕事全部は厳しいだろうな」

「でも、それなりの金額は払うつもりだし、なんとか一週間で終わらせてもらいたいわ。それ以上長くホテルに泊まるなんて耐えられない。たとえ〈プラザホテル〉のスイートルームでも、ノックスの身の回り品を全部持っていって長いことといたら閉所恐怖症になりそうよ」

「〈プラザ〉だって？」エイダンは顔をゆがめ、奇妙な表情で言った。「本気で言っているのかい？」

「そうよ」バイオレットは言った。彼がなぜこれをおかしな選択だと思うのか、さっぱりわからない。プラザはこの通りのすぐ先にあって便利なのだ。「もう予約もしてあるわ。工事中はここには住めないもの。タラが今、彼女とノックスのぶんの荷造りをしているところよ」

とを言わないで」

「ばかなことじゃない」エイダンは言った。「前にも来たことがあるだろう。逆立ちしたって〈プラザ〉にはかなわないが、広々としたベッドルームが二つと、設備の整ったキッチンがある。〈プラザ〉ではそうはいかない。ぼくはほとんど仕事に出ているから、きみの好きに使ってくれていい。たった一週間だし、ぼくもノックスともっと一緒にいられる」

「親切はありがたいけど、ベッドルームは二つなのよね？　大人三人と赤ちゃん一人に」それだけの人数がどこに寝ようというのかしら？

「タラとノックスにはゲストルームを一緒に使ってもらう。ダブルベッドがあるし、ノックスの折りたたみ式ベビーサークルもうまくおさまるだろう。きみはぼくの部屋で寝ればいい。ぼくは……」エイダンの低い声が宙に漂い、赤毛の太い眉の下からブルーの瞳が彼女を見つめた。

彼にそんなふうに見つめられると、この先起こりうることが脳裏にちらついて、下腹部がうずく。アパートメントを、ベッドルームを、ベッドを共有なんかしたら……エイダンに触れずにいられるだろうか？　自分にそんな意志の強さがあるかどうかわからない。

「ぼくはソファで寝るよ」

それなら意志の力は必要ないかもしれない。だとしても、彼の申し出は受けられない。〈プラザホテル〉に泊まることにはとくに支障もない。清掃サービスやルームサービスもあるし、なんとか生きていけるだろう。「いいえ、本当にいいのよ、エイダン。あなたに迷惑をかけるつもりはないわ。ホテルで大丈夫。一時間後にはホテルの送迎用のバンが来て、荷物も一緒に持っていってくれるわ」

エイダンはキッチンのカウンターからバイオレッ

トの携帯電話をつかんで彼女に突きつけた。「キャンセルするんだ」

「なんですって？」バイオレットは彼の手から電話をひったくったが、どこにもかけるつもりはない。代わりに、ジーンズの後ろポケットに押し込んだ。

「ぼくにできることがあるのに、きみと息子をホテルに住まわせるわけにはいかない」

「住まわせる？」バイオレットはつい声をとがらせた。わたしは他人に許可を求めるタイプではない。世の中にはわたしや、わたしのお金を支配して満足する人々が大勢いるからだ。それも、とくに男性に多いことをわたしは早くから学んできた。でも、わたしは賞品ではないのだ。自分がしっかりしないといけない。さもないと、運命を他人の意のままにされかねない。

「わたしに指図するなんて、どういうつもり？　わたしは大人の女性よ。自分のことは自分で決めるわ」

エイダンは目を丸くし、自分がしくじったことに気づいて、両手を上げて防戦した。「そんなつもりではなかった。きみが自分で決断を下せることはわかっている。たぶん、ぼくより適切な決断をね。ぼくはただ、きみのために何かしてあげたいんだ。きみは助成金の件で尽力してくれているし、ノックスの養育に関する話も進めてくれている。ぼくがきみやノックスのためにしてやれることは多くない。きっと〈プラザ〉はすばらしいだろう。ぼくがきみたちに差し出せるものよりはるかに上等なサービスを受けられる。でも、そこはやめて、ぼくのところに来ることを考えてみてくれないか。きみたちのために、そうさせてほしい」

バイオレットはため息をついて腕組みをした。訴えるような表情を浮かべたエイダンにあらがうのは難しい。どんな立場の人も、わたしとつきあうのは楽ではない。それは自覚している。ずっとそばにいる数少ない友人や、過去につきあいのあった男性たちからも、そう言われてきた。わたしにプレゼントを買おうにも、欲しいものはなんでも買える人に何を買えばいいかわからないと。わたしを助けたいと思っても、何をどう助けたらいいかわからない。必要な助けはすべてお金で買えるだろうからと。

でも、本当の親切は……それは値段をつけられないものだ。エイダンはわたしのためにそうしたいと思ってくれているのだ。わたしの歓心を買うためでも監視をするためでもなく、純粋な親切心から。たしか、彼の家はヘルズ・キッチンにあるすてきなアパートメントだった。ダウンタウンやもっと治安の悪いところにあるわけではないし、ジャージーシティ界隈《かいわい》からはかなり離れている。どういう話の流れだったか今は覚えていないけれど、エイダンがそこは彼の昔の人生の名残をとどめる唯一のものだと言っていた記憶がある。

「ひととおり整ったキッチンがあるのは、ノックスのためにはいいわね」バイオレットは言った。〈プラザホテル〉にはミニバーしかなく、ルームサービスのメニューにベビーフードや温めた乳幼児用のミルクがあるかは疑問だ。「わかった。試してみましょう。でも窮屈すぎたり、なんらかの理由でうまくいかなかったりしたら、わたしたち三人は〈プラザ〉へ行くわ」

「もしぼくの考えが間違っていたら、きみたちがホテルに移るのを喜んで手伝うよ」エイダンは満面の笑みを浮かべて最大級の感謝を表した。「でも、きっとすばらしいものになると思うよ」

バイオレットにはそうは思えなかったが、これから数日間、悲惨な自宅で暮らすよりはましだ。「ありがとう、エイダン。親切にしてもらって。あなたに後悔させなければいいんだけど。ノックスは下の歯が生え始めていて、ひどくぐずるのよ」

「心配ない。ぼくは多くのことを見逃してきたから、あの子と一緒にいられるなら歯の生え始めのむずかりくらい喜んで耐えるさ。きみとも一緒にいたいしね」エイダンは鋭い目つきで彼女を見つめながら付け加えると、さっと腕時計に視線を移した。「じゃあ、ぼくは急いで家に戻って部屋を片づけて、きみが着くまでに準備を整えておく」彼はポケットから紙切れを取り出して住所を走り書きし、真鍮《しんちゅう》の鍵と一緒に差し出した。「ぼくは二時ごろには店へ向かわなければならない。ぼくが家を出るまでにきみが着かなかったら、これがいるだろう」

バイオレットは住所と鍵を受け取り、ひんやりした金属をしっかり握りしめた。「ありがとう、エイダン」

彼はうなずくと、床を乾かしている送風機をまたいで戸口から出ていった。エイダンが立ち去ると、バイオレットは手の中の鍵を見おろした。胃の痛みが、彼のところに泊まるのは間違った決断だったと思わせた。エイダンとの関係を望まないのであれば、もっと慎重に行動すべきだった。でも、もう決めたことはしかたがない。

たった一週間でしょう？

あきらめのため息をつくと、バイオレットは上階の子供部屋へ行き、タラに計画変更を伝えた。

エイダンは自宅の玄関の鍵をそっと開け、中に身を滑り込ませた。この先にはどんな光景が広がっているのだろう。バイオレットたちが荷ほどきをしている途中で自分は仕事に出かけなければならなくなった。仕事中に何度か電話して様子を尋ねると、何も問題はないと彼女は言い張ったが、そうは思えなかった。声に不安がにじんでいた。とはいえ、今日はストレスのたまる長い一日を送ったのだから無理もない。足首まで水に浸かるところから始まって、最後は他人の男のアパートメントにいるのだから。

家の中は暗く静かで、変わったことはほとんど何もないように見える。ごくわずかなことを別として。シンク脇の水切りトレイに置かれた哺乳瓶、玄関ホールのベビーカー、そして本を手にソファで丸くなっているバイオレット。

部屋の唯一の明かりが彼女に降り注ぎ、まるでそこに天使が座っているかのように、その姿を際立たせている。長い黒髪をねじって頭のてっぺんで無造作に丸め、紺色のシルクのパジャマを着て本を読んでいる。さっぱりした顔をしてリラックスしているバイオレットは、なんと美しいのだろう。

ようやく彼女が顔を上げ、神々しい穏やかな表情でほほえんだとき、エイダンは椅子の背もたれに手をついて体を支えなければならなかった。「やあ」ぎこちない口調でなんとか言った。

「おかえりなさい」バイオレットはページのあいだに栞《しおり》をはさんで本を閉じた。

エイダンはそのとき初めて、それが歴史ロマンス小説であることに気づいた。キルトと広刃の刀だけを身につけた男が腕に女性を抱いた絵が表紙に描かれているたぐいの本だ。金色の文字で書かれたタイトルは『ハイランダーの花嫁』か？　よく見えないが、何にしろ、そういう本がバイオレットの読みたい本リストに入っているとは思わなかった。彼女は読書クラブにいるようなタイプだとずっと思っていた。興味深い。

「まだ起きているとは思わなかったよ」

「考えることがいろいろあって」バイオレットは低い声で言うと、ソファから立ち上がり、彼のほうへ近づいてきた。「仕事はどうだった？」

「いつもの夜と同じさ」エイダンは言った。彼が毎晩相手にしている酔っ払いの話などを聞かせて、バイオレットをうんざりさせたくなかった。「きみたちはどうだい？　少しは落ち着いたか？　何も困ったことはない？」

「何もかも順調よ。いかにも独身男性の住まいだけど、そこそこうまくやっているわ。午後はちょっと、子供の事故防止対策をしたけど、大がかりなことはしていないわ。ノックスはまだ動きまわれないし」

それはありがたい。エイダンは子供のためのそういう対策には疎かった。防犯対策ならまだしも。

「在宅で仕事もしたわ」バイオレットは続けた。「メールをチェックしたら、財団の理事長からメッセージが来ていたの。午前中に理事会が開かれて、うれしいことに助成金の申請が全額承認されたそうよ」

エイダンは心臓が止まりそうになった。全額？　承認された？　信じられない。「本当に、本当なのかい？」

バイオレットがうなずき、にっこり笑った。エイダンは思わず手を伸ばして彼女を抱き上げた。驚きの悲鳴をあげる彼女をかかえたまま、リビングルームの中をくるくるまわる。

「資金が手に入ったぞ！」エイダンは興奮と、青いシャギーラグのまわりを何度もまわったせいで、めまいを覚えながらも叫んだ。

「エイダン！」バイオレットがかすれたささやき声でたしなめたが、彼にはほとんど聞こえなかった。「ノックスが目を覚ましてしまうわ」その言葉が耳に届くまで、彼は今が午前三時でお祝いをするのに最適な時間ではないと気づかなかった。

エイダンはバイオレットをゆっくりおろした。互いの体がこすれ合って拷問のような苦しみにさいなまれながら、彼女の素足を床の上に戻す。喉元で脈が激しく打ち始め、冷たい空気を死ぬほど欲しながら、息を吸い込むことができなかった。せっかくこうして再び腕に抱いたバイオレットを放すのも至難の業だった。

再会して以来、握手以上のことはしないようにしてきたのだから、そうなるのは無理もない。ついはずみで抱き上げたとはいえ、今はそれを後悔している。触れてから放すほうが触れないより何倍もつらい。仮に放すことができたとしての話だが。その一方で、触れたことを後悔していない自分もいて、このまま続けることを望んでいる。彼女にからめた腕をほどこうと思っても、ウエストをつかんでいる手は頑として動かない。彼女を放せと自分に言い聞かせても、体が動いてくれなかった。

バイオレットのほうも彼から離れようとはしていない。

寄り添って立つ二人は、突然押し寄せた興奮の波にのみ込まれ、息をつこうともがいていた。調子が狂っているのは自分だけではない。そうとわかって

エイダンはほっとした。バイオレットはうろたえた様子で頬を鮮やかな薔薇色《ばらいろ》に染めている。

「ごめん」エイダンは彼女の額に額をつけながら、ささやいた。「喉から手が出るほど欲しかった朗報をきみがくれたものだから」

バイオレットはゲストルームのほうへ目をやり、じっと黙って耳をすませた。「目を覚ましてはいないようね」しばらくして、ようやく深い安堵《あんど》のため息をついて言った。そして黒い瞳の奥をいたずらっぽく輝かせ、彼の目を見つめた。「あなたの努力が足りなかったわけではないわよ」おどけて彼の胸をたたく。

エイダンは痛がるふりをしたものの、喜びしか感じていなかった。再び彼女に触れられて、喜びが体を突き抜けていく。気づくと、彼をたたいたあとも彼女の手はそこから離れていなかった。二人はリビングルームに立ちつくし、彼の手は彼女の細いウエ

ストをつかみ、彼女の手のひらは彼の胸を撫《な》でている。このシャツを脱ぎ捨ててしまいたい。彼女の指がぼくの胸毛を撫でられるように。そうされるのが大好きだった。彼女の爪が肌をかすめる感覚は今でも覚えている。そう思っただけでふつふつと興奮がこみ上げてきた。こんなふうに二人の体が接近していてはなおさらだ。

「エイダン？」バイオレットが静かな声で呼びかけた。問いかけと懇願の両方を含んで。

それにどう応えたらいいかは心得ている。エイダンは身を寄せて彼女の唇に唇を近づけた。唇が触れ合った瞬間、あたかもタイムトンネルが口を開けて待ち構えていたかのように、二人はそこに吸い込まれていった。にわかに二人は一つになった。一年半前のあの日のように。何も難しいことは考えない。後先のことなどどうでもいい。互いの腕の中で快楽に身をゆだねるだけだった。

バイオレットはひるんだり身を引いたりしなかった。それどころか、柔らかな唇を開いて彼を迎え、舌で彼の舌を優しく愛撫《あいぶ》した。彼女がとろけてもたれかかってくると、体のなだらかな曲線が彼の硬い骨格にぴったりなじんだ。

エイダンの口からうめき声がもれた。大きな声が出ていませんようにと願う。このひとときを赤ん坊やベビーシッターや、ほかの何ものにも邪魔されたくない。バイオレットを再び腕に抱くことを思い描き、待ち焦がれてきたのだ。この一年半、彼女は思い出として残り続けても、それ以上にはなりえないのだろうかと考えもした。

それが今、彼女の手はぼくの胸をさまよい、ぼくの舌は彼女の歯をかすめている。

「エイダン？」バイオレットが彼の唇に二度目のささやきを吹きかけた。

「うん？」この流れに彼女がブレーキをかけないこ

とを心の中で祈りながら尋ねる。まだまだこんなところで終わらせたくはない。たとえそれが間違った考えだとしても。間違いには朝になってから対処すればいい。

「あなたの部屋へ連れていって」それが彼女の答えだった。

エイダンは喜びに胸をはずませた。一瞬たりともためらっている場合ではない。バイオレットの手を取り、薄暗い中をベッドルームまで導いた。ありがたいことに彼の部屋とゲストルームはキッチンで隔てられており、多少のプライバシーは保たれている。

彼女を部屋に引き込み、さっとドアを閉めた。そうして二人と外の世界のあいだにバリアを築くと、あとはダムが決壊したかのようだった。エイダンにどれほどの意志の力があったにせよ、それはひとたまりもなく押し流され、彼にできること、考えられることは、一糸まとわぬバイオレットを自分の下に組み敷くことだけだった。

彼女も同じ気持ちだったらしく、二人は互いに着ているものを引っぱり合い、彼女のシルクと彼のコットンは乱暴に床に放り投げられた。肌があらわになると、二人は新たに発見した領域をいったん愛撫し味わってから、先へと進んだ。

次にエイダンが気づいたときには、二人とも全裸でベッドに倒れ込んでいた。クイーンサイズのマットレスはかなりの弾力性があり、落ちてきた二人の体を数センチ跳ね返した。二人は笑ったりキスをしたりしながらベッドに落ち着くと、枕と毛布を押しのけて、何にも邪魔されずに二人が並んで横たわれるようにした。

再会後初めてのこの行為が抑圧を取り払おうとして性急なものになることはわかっている。二人は一年半も我慢してきた。求めながら触れられない日々を過ごしてきた。だから、甘いささやきも前戯もいらない。何もかもかなぐり捨てて、互いの内なる欲求を満たす旅に出ることになるだろう。

「避妊具を」エイダンが彼女の腿のあいだにひざまずいて胸を激しく吸うと、バイオレットが息を切らしながら、ささやいた。彼女の入口を探って、しっとりと濡れた内側に指を入れてみる。彼女は正しかった。今すぐ中断してそれをつけないと、二人とも後悔するようなことをしてしまうだろう。

とはいえ、前回のようにちゃんと避妊していても、結果は変わらなかったわけだが。避妊具はぬかりなくたくさん使った。それなのに二人のあいだには息子がいるのだから。今回は気をつけないと。エイダンはベッド脇の引き出しから取り出した避妊具を見てほっとした。前回とは違うブランドのものを買ってあってよかった。

エイダンは自分の欲望のあかしに避妊具をつけると、唇を彼女の唇に戻した。両手で胸を撫でて、その手を脇腹から腰へと滑らせていき、豊かなヒップを指が食い込むほど強くつかんだ。そうして彼女の体をしっかり固定してから、ゆっくり前へ進む。温かな内部に迎え入れられて奥まで入ると、エイダンは安堵の息を吐き出した。

バイオレットがもたらすこの神の恵みのような感覚はもう二度と味わえないと思っていた。だが、あらゆる予想をくつがえして、彼女はぼくのベッドにいる。今夜、帰宅して玄関に足を踏み入れたときには、まさかこんなことになるとは思わなかった。

バイオレットが両脚を引き上げて彼の腰にからめ、より深く彼を引き入れた。エイダンはうめき声がもれるのを、彼女の唇に唇を押し当てて抑えた。

「あなたのすべてをちょうだい」バイオレットは黒い瞳をいたずらっぽく輝かせてささやいた。

エイダンはためらうことなく、その願いをかなえた。彼女の体に両腕をまわして抱きすくめると、激しく突き進み始めた。何度も何度も彼女の体に打ちつけ、バイオレットがくぐもった悲鳴をあげるまで続けた。彼女はエイダンの首に顔をうずめて声を押し殺し、うめくのと彼の喉を小さく噛《か》むのを交互に繰り返した。

これにはエイダンも耐えられそうになかった。刺激が強すぎる。できることなら持ちこたえて、この瞬間を一晩じゅうでも続けたかったが、これ以上はもう無理だ。彼女はあまりにも美しく、あまりにも気持ちよくて、彼の五感ははちきれそうだった。エイダンが自身のクライマックスへのカウントダウンをしていると、それに屈するよりも早くバイオレットが身もだえし始め、彼に激しく腰を打ちつけてきた。エイダンがそれに応えて、いっそう激しく速く突き立てると、彼女の体がこわばり、いよいよ彼の下で解放のときを迎えようとしているのがわかった。

とうとうバイオレットは静かな悲鳴をあげ、彼の背中に爪を立てた。頭をのけぞらせ、体を弓なりにして彼に押しつけると、快感に身を打ち震わせ、もだえ始めた。彼女の内側の筋肉に締めつけられて、エイダンも思わず彼女の中で自分を解き放った。

そして、のぼりつめたときと同じように一瞬でそれは終わりを迎えた。エイダンはバイオレットに覆いかぶさり、荒い息がおさまると、仰向けにころがって体を離した。寄り添ったままでいるのもいいが、避妊具をこのままにしておくのはよくない。まずはこれを片づけないと。そのあとは……。彼ははたと気づいた。ここから先はどうすればいいのだろう？

絶えず張りつめていた性的な緊張の糸が、二人を前へと駆り立てた。これで親密さはおおいに増したわけだが、二人の関係はどういう位置づけになるのだろう？ つきあっている？ 一夜かぎりの関係？何にしろ、二人が気まずい状況になることだけは避けたい。これから一週間、狭いアパートメントで一緒に過ごすのだから。

ようやくエイダンは立ち上がり、体をきれいにするためにバスルームへ行った。とにかく一歩は前進した。あとのことはそれから考えればいい。ベッドルームへ戻ると、彼は枕とジョギングパンツをつかんでソファへ行こうとした。行ってほしいか彼女に訊《き》くより、このほうが手っ取り早い。

「どこへ行くの？」バイオレットが尋ねた。裸のまま、誘惑するようにマットレスに横たわっている。

エイダンは肩をすくめた。「ソファで寝るんだ」

バイオレットは眉を上げ、肘をついて体を起こしながら、くすくす笑った。「あれだけのことをしておいて、今さら予防措置もないんじゃない？　本気でソファで寝ようと思っているの？」

ベッドから出ていってほしいと言われなくてよかったと思っている自分がいた。約束を破るつもりはないが、彼女が裸でベッドに横たわり、唇を腫らして乱れた髪でシーツにからまっているのを見ると、本当は立ち去りたくないのも事実だ。

正直に言うと、もう一度、彼女が欲しかった。今度はゆっくりと。朝の光を浴びたら、何もかもが変わってしまうかもしれない。だから、今のうちにこの機会を最大限に活《い》かさなければ。「どうかな」エイダンは答えた。

「さっさとベッドに戻ってきて！」ぐずぐずしている彼にバイオレットが命じた。そして、いたずらっぽい光を取り戻した目でほほえんだ。「まだ終わっていないわよ」

今度はエイダンも喜んで応じた。

6

今日は気が散ってしかたがなかった。

エイダンがバイオレットのオフィスで助成金に関するプラン作成や事務処理をしているせいで、目の前の仕事に集中することができない。彼が悩ましい目つきで見てくるからでも、彼女の大好物――すなわち彼の匂いをまき散らしているからでもない。ただ、彼の首に顔をうずめて肌の感触を味わい、男らしい香りを思いきり吸い込みたくてたまらないからだ。

昨夜の行為を後悔するべきだということはわかっているけれど、バイオレットはなかなかそういう気持ちになれなかった。エイダンへの情欲に身を投じたのは間違いだったとも思えない。むしろ自然なことだと感じていた。かつて一緒に過ごした時間があまりにもすばらしかったから、二人とも同じことを望んでいるはずで、その気持ちを否定するのは難しかった。だからこそ、夜が明けるまで四度も誘惑に屈服してしまったのだ。動くたびに感じる痛みが、一緒に過ごした時間を思い出させてくれる。

問題は、二人が初めて体を重ねたときよりも状況が複雑になっていることだ。このまま彼と会い続けることが何を意味するのか、周囲の人々に自分たちのことが知れたらどう言い訳すればいいのか。それについては深く考えないようにしていた。バイオレット自身はエイダンの素性や仕事、財政状況について何も心配はしていないが、周囲がそう思わないことはわかっている。両親しかり。友人しかり。そうした社交界の醜い部分から彼を守りたかった。エイダンは、何かしら理由をつけては誰かを非難したがる人々の絶好の標的になるはずだ。わたしと一緒にいるというだけで彼が辱めを受ける筋合いはない。

　でも、今はまだ存在しない〝人々〟のことを心配するのは少し早すぎる。たしかにエイダンとのあいだに子供はいるし、短期間だけ同居もするとはいえ、一晩同じベッドで寝たからといって、それで関係が保証されるわけではない。

　そして今のところ、バイオレットはそれでいいと思っていた。恋愛とはけっして楽なものではない。それに、自分もエイダンも今はそれぞれのことで精いっぱいだ。二人でいるときは欲望に身を任せて、そのときどきを楽しめばいい。ワインを飲んだりルームランナーで走ったりするよりも、そのほうがよほどストレス解消になる。

　正直、今だって、もしアシスタントのベッツィが早退でもすれば、このオフィスのドアに鍵をかけてデスクの上で彼に抱かれたいくらいだった。それならスカートをたくし上げるだけで……。

　ぼんやりと見つめていた書類からふと顔を上げると、エイダンが意味ありげな笑みを浮かべて彼女を見つめていた。「何？」頬を熱くしながら尋ねる。わたしが何を想像していたのかわかったのかしら。まるで現行犯で逮捕されたような気分だ。

「ぼくの話をまったく聞いていなかったな。まさに心ここにあらず、だったぞ」

　バイオレットはばつの悪さを隠すこともなく唇を噛《か》み、首を振った。「そうね、聞いていなかったわ。ごめんなさい。ちょっと考えごとをしていて」

「みだらなことでも考えていたのか？」エイダンは茶化した。それから書類をめくり、黄色のマーカーを引いた箇所を指さした。「冗談はさておき、この部分について訊《き》きたかった。〝新しい組織が独自の資金調達方法を確立するのを援助する〟とあるだろう。それはどうやるんだい？」

バイオレットは深く息を吸い込み、頭を仕事モードに切り替えた。エイダンとの関係についてあれこれ考えているよりも、このほうがずっと落ち着ける。

「あなたに資金を提供する一方で、慈善事業に関心のある人々や組織とのネットワークを提供するの。通常は、なんらかのイベントを開催して寄付金を集める手伝いをしたり、長期的にあなたの組織とかかわりたいと思ってくれそうな人々を紹介したりする。わたしたちの願いは、財団から提供する資金を元手にして慈善事業を立ち上げたあとは、独り立ちできるようになってもらうことだから」

「イベントというのはどんな？」

バイオレットは過去に開催したイベントの招待状を手に取った。見本として何枚かがファイルに収められている。「ウォーキングやファンランをすることもあるわ。テーマを掲げたパーティやお祭りにはいつも大勢の人が参加してくれる。あとはコンサートとか。最も成功しやすいのはお祭りね。投資に対する利益率は抜群に高いし、わざわざ大金を費やしてセレブや何かを呼ぶ必要もない。富裕層はおしゃれをして集まるのが好きだし、そこに慈善という要素が加わると、さらに気分をよくするの。とにかく、あなたの事業の宣伝になるようなものならなんでもいいから考えてみて」

エイダンは考え込んだ様子で、バイオレットが手渡した招待状をめくっている。「こんな大規模なことになるなんて思ってもいなかった」

「事業を知ってもらうには必要なことよ。ところで、名称は考えてあるの？　あなたの更生施設のことは、なんと呼べばいいのかしら？」

エイダンは背筋を伸ばして考えをめぐらせた。

「最初は復帰への足がかりという意味で〈ステッピング・ストーン〉みたいなのを考えていたんだが、それはやめにして、〈モリーズ・ハウス〉にしようかと思っている。モリーというのは母の名前なんだ。そもそも母の家だし、父みたいなアルコール依存症患者の社会復帰を手伝いたいというのが母の夢だった。父のことは助けられなかったから」

「お父さんはアルコール依存症だったの？」

エイダンはうなずいた。「結局、そのせいで命を落としてしまった。母も長年の看病によるストレスで病気になって亡くなったとぼくは思っている」

父と母を相次いで失ったエイダンのつらさはいかばかりかと思う。でも、ある意味その経験が彼という人を作り上げていることは間違いない。エイダンはあのパブを経営し、再び繁盛させることに人生を捧《ささ》げてきた。家を売却して前へ進むほうがよほど簡単だっただろうに、母親の思い出のある更生施設を開きたいと頑張ってきたのだ。

彼が自分の人生にかかわった人々を大切に思っていることを知り、バイオレットはうれしくなった。エイダンはノックスにとって偉大な父親になるだろうし、彼の心をつかみ取った幸運な女性にとってすばらしい夫になるだろう。どういうわけか、その女性は自分ではない気がした。自分であってほしいと思っていたとしても。

「とてもいい名前ね」バイオレットは書類に手を伸ばし、団体名の欄に記入した。今は事業のことに集中しなければ。いつかエイダンと一緒になる幸せな女性のことなどではなく。「名前が決まれば事業計画も立てやすくなるわ。『フライデー・サパーズ・ファン・ラン』がいい例よ。地元の無料食堂の費用を集めるために開催したレースなの」

エイダンはバイオレットから渡された招待状の山に目をやり、テーブルの上に置いた。「パーティを開くのがいいと思う。利益を上げられるときみが言っていたし、今必要なのは収入だ。『〈モリーズ・ハウス〉のための真夜中の舞踏会』とかはどう？」

それも悪くないけれど、真夜中だと年越しイベントか何かのようだ。『〈モリーズ・ハウス〉のための仮面舞踏会』というのはどう？　正装パーティにして、参加者全員にマルディグラやベネチアンマスクをつけてもらうの。いつものパーティとは少し違うけど、きっと大勢の人が楽しんでくれると思うわ」

エイダンはうなずいた。「いいね。『〈モリーズ・ハウス〉のための仮面舞踏会』か。母も喜びそうだ。全員が仮面をつけると聞いたらなおさらだよ。毎年ぼくのハロウィーンの衣装を作らなきゃって大騒ぎしていたから」

「よかった。そういう設定なら、売り上げたチケット代から会場費、余興費、飲食代、その他を差し引いたぶんはすべて〈モリーズ・ハウス〉の収益になるわ。イベントでいちばん重要なのは今後の資金調達のために参加者全員の名前と連絡先を集めることだけど、やっぱり現金収入も大切よ。より多くの資金を集めるために、くじ引き大会のようなイベントを追加するのもいいわ。地元の企業に働きかけて、何か価値のあるものを賞品として寄付してもらうの。ダイヤのネックレスとか、自動車とか」

「本物の車か？」エイダンは驚きに目を丸くした。

「以前やったことがあるの。小型のスポーツタイプのＢＭＷをプレゼントした年もある。ディーラーが宣伝にもなるからと安く売ってくれて。抽選券は一枚二十五ドルだったけど、とてもよく売れたから、それで車の代金を払えたし、利益も出た。参加者も違う意味で楽しめたはず。もちろん、車でなくてもいいのよ。あなたや、あなたの組織にとって意味のあるものを考えましょう」

エイダンは眉根を寄せてバイオレットを見つめながらしばらく考えて、赤い髪をかき上げた。「旅行はどうだろう？」

悪くないアイデアだ。旅行を景品にしたことは一度もない。「どんな旅行?」

「母はいつもアイルランドへ行きたいと言っていた。自分の家族が生まれた村を訪れて、名所をめぐるのが夢だったんだ。父が亡くなったあと、教会の女性たちと行く計画を立てていたんだが、体調を崩して断念せざるを得なくなった。その後、膵臓《すいぞう》がんと診断されてね。しかも進行が速くて治療が難しいタイプだった。母は懸命に病気と闘ったが、結局、最初にがんと診断されてから八カ月しかもたなかった。ペアでのアイルランド旅行を賞品にできたら、こんなにうれしいことはないよ。何か意味のあるものをと言うなら、車よりもこっちのほうがいいんじゃないかな」

バイオレットは笑みを浮かべた。たしかに申し分のない提案だし、自分一人ではこんなことは絶対に思いつかなかっただろう。「すばらしいアイデアだわ。航空会社に知り合いがいるから、ファーストクラスの航空券か一週間分のホテル代を寄付してもらえるかもしれない。すてきな旅行を用意すれば、みんな喜んで抽選券を買ってくれるはずよ」

これなら本当にうまくいきそうだ。うれしくなったバイオレットは、テーブルの上に置かれていたエイダンの手を思わずつかんだ。とっさのことに二人ともはっとした。朝から一度も互いの体に触れていなかったからだ。だが、どちらも手を引こうとはしなかった。代わりにエイダンはバイオレットを見つめてほほえんだ。彼の肌のぬくもりは冷房の効きすぎによる体の冷えを忘れさせ、彼の熱いまなざしは体の芯を解かしてくれるかのようだ。昨夜の行為があってからそんなに時間がたっていないというのに、またもや彼が欲しくなっている自分にあきれながらも、バイオレットの体は彼を求めていた。

ドアをそっとノックする音がして、二人はあわてて手を離し、同時にドアロへ目を向けた。すると、バイオレットの長年のアシスタントが中をのぞき込んでいた。

「何かしら、ベッツィ？」

「お邪魔して申し訳ありません。ミスター・ランドールがお見えです」三時のお約束だとか。

「ありがとう」バイオレットはロレックスの腕時計に目をやった。エイダンといると、時間がたつのが驚くほど早い。「さあ、これで計画はばっちりね。もう一度見直しをしたら、さっそく家の改装に取りかかってちょうだい。わたしは今週中にパーティの情報をもう少し集めておくわ」

「わかった。何も言うことなしだよ、バイオレット。ただ、一つだけ問題がある」

バイオレットは背筋を伸ばした。問題と聞くと、あまりいい気はしなかった。せっかく財団に働きかけて、すべてがつつがなく進むようにしたというのに。「どんな問題？」

「正装パーティの件だが、あいにくタキシードを持っていないんだ」エイダンは申し訳なさそうな笑みを浮かべた。

広告業界でキャリアを積んでいたときでさえ、高級なスーツは一着も持っていなかった。いいスーツなら何着か持っていた——自分の中ではいいほうと言えるスーツだ。それでも、バイオレットが見つめているショーウインドウの中に並んでいるものにはとうてい及ばない。

ラルフ・ローレン、トム・フォード、ジョルジオ・アルマーニ……エイダンの頭には金額しか入ってこなかった。バイオレットによけいなことを言うのではなかった。ぼくは彼女に使命を課してしまったようだ。舞踏会にはレンタルした黒の夜会服を着ていけばよかったのだ。それが自前かどうかなど誰も気にしないのだから。

だが、バイオレットはそうではないらしい。

「あなたにはアルマーニかトム・フォードが似合うと思うわ」五番街の店のショーウインドウをのぞきながら彼女は言った。「今シーズンは細身のスーツがトレンドなの。仕立てる手間が省けるわ」

エイダンはあきれ顔で彼女に続いてアルマーニのブティックへ入っていった。ここにあるタキシードの代金など彼に払えるわけがない。だが、バイオレットにはそういう発想もないようだ。よさそうなものはないかと陳列品を見ながら店の奥へ進んでいく。

エイダンの気持ちがよそへ移るのに時間はかからなかった。いい感じのサングラスを見つけたものの、その値段に思わず息をのんだあと、商品を吟味するバイオレットを壁にもたれてぼんやりと見つめた。体の線にぴったり沿った黒のタイトスカートをはいて店内を行き来する彼女の動きから目が離せない。左右に揺れる腰を見ていると、催眠術にかかったような気分になり、頭がすっかり空想の世界に入り込んでしまった。スカートを腰のあたりまでたくし上げられた彼女の姿や、近くの陳列棚にきれいにたたんで置かれた服が床に散らばっている光景が浮かんでくる。

「エイダン？」しばらくしてバイオレットがいらだたしげな口調で言った。

エイダンははっとわれに返った。目の前にあるのは彼女のお尻ではなく、不機嫌そうな美しい顔だった。「なんだい？」

「ここへ来たのはあなたに合う服を探すためなのよ。それなのにあなたったら、まるで他人ごとのような顔をしているんだから。ちょっとは協力してくれないと困るわ」

「値段が四桁以下のスーツがあったら、それを着る、というのはどうだ？」エイダンは反撃に出た。もたれていた壁から離れ、腕組みをして立っているバイオレットにつかつかと歩み寄る。「ニアルコス財団にはいつもどんな人たちが助けを求めに来るのか知らないが、一晩着るだけのタキシードに四千ドルも出せるなら支援を求めたりしないだろう」

バイオレットは眉間にしわを寄せて彼を見つめた。

「エイダン、このパーティはあなたにとって大切なチャンスなのよ。〈モリーズ・ハウス〉を成功に導いてくれる人たちに会わなくてはいけない。あなたは彼らの信用を得る必要があるわ。そのためにも見た目はとても重要なの」

「ぼくは仕事ができるように見せたいだけだ。慈善事業と銘打って、金をくすねて私腹を肥やそうとしているようには見られたくない」

「こう考えたらいいのよ。上質のスーツはいい投資だと。いいものを買っておけば一生着られるわ」

「ぼくは毎日それを着ることになるんだぞ、バイオレット。そのスーツの代金を払うためにほかの服は全部売らなければならないからな」

バイオレットはため息をつき、唇をゆがめて考え込んだ。近くのラックに手を伸ばし、袖を引っぱって値札を見ると、手を離した。そしてエイダンに向き直り、目を細めて言った。「スーツは買うわ。代金はわたしが出す。いやとは言わせない」

エイダンは両手を広げてみせた。彼女が寛大なのはわかるが、見当違いもはなはだしい。「だめだ。絶対に断る。そんなことをしてもらうくらいなら、舞踏会にはスウェットで行く」エイダンは本気だった。財団に〈モリーズ・ハウス〉を支援してもらうのはいい。だが、自分自身のことで彼女に個人的に支援してもらうわけにはいかない。

「わたしなら払える。どうか払わせて。部屋に泊めてもらっているお礼と思ってくれればいい」

エイダンはいらいらが喉元にこみ上げてくるのを

感じ、シャツの襟を引っぱった。「バイオレット、きみはそのへんの小国よりも金持ちなんだろう。それはわかる。思慮深いし、できることなら人を助けたいと思っているのもわかる。だが、ぼくの視点からもものごとをきちんと見てほしい」

「どういうこと？」

エイダンはいらだって拳を握らないよう、腕組みをした。「ぼくは子供じゃないんだ。商売もしているし、自分の人生を生きている。何をどうしようと、口出しされる筋合いはない。きみの意見を聞きたくて来てもらったが、誰かに服を選んでほしいとも、そうしてもらう必要があるとも思っていない。ましてや代金を払ってもらうつもりはない。きみはこれが元彼なら同じようにしていたか？『マイ・フェア・レディ』の主人公みたいに、人前に出て恥ずかしくないよう、身支度を調えてやるのか？」

「いいえ、そんなことはしないわ」

「その必要がなかったからだろう？　彼はすでに完璧で、きみの両親のお気に入りだったから」エイダンは首を振り、顔をそむけた。後悔するようなことを言ってしまう前に、この場から立ち去らなければ。「外の空気を吸ってくる」

エイダンはきびすを返して出口へ向かい、五番街に出た。買い物客や観光客をかき分けて進み、店から一ブロックほど離れたところで花壇の縁に腰をおろし、深呼吸をした。

まもなくバイオレットが無言で彼の横に座った。

「ごめんなさい」しばらくしてから彼女は言った。「あなたを変えようとか、身支度を調えてあげようとか、そんなつもりはないの。そんなふうに思ってほしくない」

エイダンは何も言わなかった。腹が立ちすぎて、今は答える気にもなれない。バイオレットが慣れ親しんでいるような身なりのいい上流階級の男と自分が似ても似つかないことくらい、よくわかっている。生まれながらに信託財産を持っていたわけでもなければ、奨学金で小さな州立大学になんとか進学し、進化した新たな自分を作るべく頑張った。だが本音を言えば、そんな新たな自分は好きになれなかった。だから広告代理店を辞めるのは簡単だった。自分にはその仕事が合っていない気がしていたし、元婚約者とのこともあったからだ。試練のさなかにいた彼にアイリスは手を貸そうともしてくれなかった。

「わたしのお金に対する反応は人それぞれだということを、ときどき忘れてしまうの。わたしがその人やほかの人のためにお金を使うのを喜んでくれる人もいれば、不快に感じる人もいる。でも、わたしは・自分の相続財産でできるかぎりのことをしたい。それにはお金を必要としている人を助けるのが一番なの。でも、あなたを不快にさせるような使い方はしたくない。だから忘れて。スーツは自分で買ってちょうだい」

バイオレットの顔を見てみると、そこには笑みが浮かんでいた。「わかった。買うよ」エイダンも笑みを返した。

「よかった！」彼女は笑い声をあげ、目の前を通り過ぎる車列に向き直った。

「ぼくが欲しいのは新しいスーツだ、バイオレット」しばらくしてエイダンは言った。「ただのスーツだよ。ベーシックな黒の。派手なものはいらない」

「わかった。もう一度探してみる？」

エイダンは肩をすくめた。腹は立つが、やはり新しいスーツは必要だ。「ああ」

二人は立ち上がり、後ろを振り返った。目の前に〈バーグドルフ・グッドマン〉がある。「ここも見てみましょう。いろいろなブランドが入っているし、既製服もあるから、いいのが見つかるかもしれない」

エイダンはしぶしぶバイオレットに続いて店に入った。店内を歩きまわっていろいろ物色してみたものの、彼の予算内で彼女の好みに合いそうなものは見つからなかった。

そのとき、店員が二人の前を通り過ぎていこうとしているのを見てバイオレットが声をかけた。「すみません」

店員は立ち止まり、二人に礼儀正しいほほえみを向けた。彼が着ているスーツは、彼やエイダンの一カ月分の収入を超えそうな代物だったが、それもこういう店で働いている特権なのかもしれないとエイダンは思った。「何かお探しですか？」

「ええ。スーツ類の値下げ品のコーナーはありますか？　シーズン終わりのものとか？」

「少しならあります。こちらへどうぞ」マーカスと書かれた名札をつけた店員は、紳士服のフォーマルウエアコーナーの奥へ案内してくれた。「当店で今、値下げしているのはこれだけです」

エイダンが見ても、期待していたようなものがないのは明らかだった。あるのはキャメル色のスポーツコートに、二サイズも大きい黒のコーデュロイのブレザー、そしてドレスシャツが数枚あるだけだ。

やはりここはセールをするような店ではなかった。その手のものはアウトレット店やディスカウントストアに出荷されてしまい、マンハッタンの主力店舗に吊《つ》るされているはずがない。ここは五番街だ。高級ブランドにとって、値下げはブランドの価値を下げることを意味する。長年マーケティングに携わってきたエイダンには、それくらいのことはよくわかっている。

バイオレットはその品々をざっと見てから、今までエイダンが目にした中でも最高の笑みを美しい顔に浮かべながら店員に言った。

「変なことをお尋ねしますが、スーツの返品はありませんか？　実はね、マーカスさん、わたしたちは慈善団体の者で、大切な支援者を招いて正装パーティを開催する予定なんです。それで、彼のために最新スタイルのスーツを買いたいのだけど、採寸して一から作ってもらうとなると予算オーバーになってしまいそうなの」

マーカスは彼女の話を聞いて、なるほどというようにうなずいた。「どんな慈善活動をされているのですか？」

「〈モリーズ・ハウス〉という更生施設を開くつもりなんです」エイダンは割って入った。「リハビリを終えたアルコール依存症患者が酒を断った新たな生活に適応するために必要な、安全な空間とツールを提供して、彼らが社会復帰できるように支援する施設です。それで、寄付してくれる見込みのある人々にいい印象を持ってもらえるようにしたいのですが、彼女の好みのスーツがぼくの予算をはるかに超えていましてね。もちろん、ぼくが望んでいるようなスーツはこちらのお店には置いていないことはわかっているのですが」

マーカスは彼らの背後に目をやって考え込んでいたが、しばらくすると指を立てた。「ちょうどいいものがあるかもしれません」そして〝関係者以外立入禁止〟と書かれた扉の奥へと姿を消し、数分後、トム・フォードの黒のスーツバッグを持って出てきた。「これは特注のタキシードです。受け取りに来てくださるよう、先月から何度もお客様に連絡を差し上げていたのですが、今朝になって注文をキャンセルしたいとのお電話がありまして。トム・フォードのスリムフィットタイプでモヘアとウールの混合生地を使用したタキシードです。お直しは必要でしょうが、お客様のご希望に沿えるかもしれません」

マーカスはバッグのジッパーを開けてみせた。中には黒いサテンのラペルと蝶《ちょう》ネクタイのついた、しゃれた黒のタキシードが入っていた。バイオレットはそれを見て目を輝かせた。一目で気に入ったらしい。「いくらですか？」エイダンは尋ねた。

マーカスはバッグについている請求書を見て、頭の中でざっと計算した。「通常ですと、これは特注品ですので販売はいたしかねます。従業員が社員割引で購入するかアウトレットにまわすことになるのですが、お客様には特別に販売させていただきます。七十五パーセントオフではいかがでしょうか」

エイダンは請求書に目をやった。デザイナーズブランドのタキシードがそんな値段で手に入るとは。それでも彼が希望していた予算よりは高かったが、その品質を考えれば充分、投資するに値する金額だ。

「本当に？」

マーカスは笑みを浮かべてうなずいた。「もちろんです。どうぞ、試着してみてください。テーラーに直させて、今週末には受け取っていただけるように手配いたします」

「わかりました」エイダンはバイオレットを試着室の外に残し、マーカスについていった。

二人きりになると、エイダンはスーツを個室に吊るしているマーカスに声をかけた。「このスーツをそんなに値下げして大丈夫なのかい？」

「大丈夫ではありません」マーカスは言った。「ただ、わたしの義父がまさにアルコール依存症を克服しようとしているところでして。お客様がなさろうとしている仕事には心から感謝しているんです。ですから、お客様のお役に立てるのであれば、喜んでお手伝いさせていただきます」

7

「どこへ行くの？」

翌日、エイダンがノックスをベビーカーに乗せて出かけようとしていたところへ、ちょうどバイオレットが帰ってきた。「やあ、こんなに早く帰ってくるとは思わなかったよ」

「きりをつけて家で仕事をすることにしたの。そうでないと十時までオフィスに居残ってしまいそうだったから。自分の精神的健康のためにそうしたのよ。あなたたちはタラと出かけるの？」

エイダンは笑った。「いや、タラには午後から休みをあげたんだ。すませたい用事があると言っていたから。ぼくは今日休みだし、ノックスを公園へ連れていこうと思ってね。そうすればタラは赤ん坊を連れてうろうろしなくてすむだろう」

バイオレットは身を硬くし、ノートパソコン用のバッグを肩にかけ直した。ノックスをエイダンと二人きりにすることを彼女が好ましく思っていないのが伝わってくる。

「せっかく早く帰ってきたんだから、一緒に行かないか？」緊張を和らげようとエイダンは提案した。

「公園へ行くのもいいわね」彼が一人でノックスを連れ出すのを恐れているものの、そうは見せないようにふるまっているのは明らかだ。「上へ行って着替えてくるから、少し時間をもらえる？」

「もちろん。ここで待っているよ」

上へ向かったバイオレットは、十分ほどして公園の散歩にふさわしい格好で戻ってきた。黒髪をポニーテールにし、タイトなジーンズと体の線を強調する小さなTシャツを着ている。カジュアルでありなながらセクシーでもあり、彼女が毎日職場で着ているような堅苦しい服装よりもずっとエイダンを楽しませてくれた。

二人は近くの公園までの数ブロックをとくに会話もなく歩いたが、けっして気まずい雰囲気ではなかった。公園に着いてからも二人は遊具エリアを囲む日陰の小道を歩き続けた。ノックスは公園で遊ぶにはまだ幼すぎる。だが狭い部屋から連れ出し、マンハッタンにわずかに残る自然と触れさせることに意義があるとエイダンは考えていた。

ノックスは頭上に広がる木々の天蓋と空を見上げ、大きく見開いた目にあらゆるものを焼きつけている。物思いにふけるかのようにアイアンマンのおしゃぶりをくわえ、ベビーカーでのスムーズな移動にも満足げだった。

エイダンは息子を見おろしてほほえみ、それから周囲にいる人々を見まわした。「ベビーシッターばかりだな」不快感をにじませて言った。

バイオレットは彼の言葉を受け流した。「平日の昼間だもの。たいていの親は仕事をしているから、ベビーシッターが連れてくるしかないのよ」

「わかるよ。最近は専業主婦が少ないからね。それにタラは本当にいいベビーシッターだ。それは間違いない。ただああいう子供たちは、豊かで精神的にも健康な大人になるために必要な、親の関心や愛情を充分に受けられずに育ってしまうかもしれない。それが心配なんだ」

バイオレットは怪訝《けげん》そうに首をかしげた。「あなたはわたしが豊かで精神的にも健康な大人だとは思っていないわけ？」

頭の中で警鐘が鳴り響いたが、正直に答えなければならないことはわかっていた。バイオレットが自分たちの息子を不健康な人間に育ててしまわないように。「まあ、そうだな。きみときみの両親が問題をかかえているのは確かだ。それが日常生活にどう影響しているのかがわかるほど、きみのことをよく知っているわけではないが、これまでのつきあいの中で、すでにその証拠は見つけた」

バイオレットは足を止め、両手を腰に当てた。

「たとえば？」

「自分にも他人にも完璧を求めるところ。自分は正しい決断を下せないんじゃないかと、根拠もないのに常に心配しているところ。何が言いたいかというと、きみはぼくが出会った中で最も完璧に近い人間だと言っても、きみは信じないだろう。両親の批判しか耳に入らない。どうして両親の意見がそんなに重要なのか、ぼくには理解できない」

バイオレットはため息をつき、公園の隅へ目をやった。「両親の意見が重要なのは、わたしがいつも両親の気を引こうとする子供だったせいよ。あなたの言うとおり、わたしは子供のころ、ベビーシッターといることがほとんどだった。両親はいつも仕事や旅行に出かけているか、それ以外にもいろいろ忙しくしていて、めったに一緒にいてくれなかった。両親に注目してもらうために、わたしは何をするにも一番でなければならなかった。それでも彼らには不足だった。わたしは高校で卒業生総代を務め、両親が望む大学に進学し、両親が望む学位を取得し、両親が望む男性とつきあって……それでもまだ満足してもらえなかった。〈マーフィーズ〉に足を踏み入れたあの日まで、わたしは両親が選んだ人生を生きていたのよ。わたしが選んだ人生ではなくて」

エイダンにはバイオレットの両親のことがまったく理解できなかったし、彼らに会える日が来るのを楽しみに思えなかった。いくら彼らがノックスの祖父母でも、ノックスのことを軽んじて何か指図してこようものなら、ぼくが許さない。ぼくの息子をバイオレットの二の舞には絶対にさせない。「きみの両親は、きみのような娘を持てたことをもっと喜ぶべきだ。きみが誰とつきあおうと、何をしようと、そんなことは関係ない」

　バイオレットはエイダンに向き直り、今の言葉が信じられないとばかりに彼の顔を見つめた。

「あなたはどう思っているか知らないけど、ノックスにはわたしのような育ち方をさせたくないの。まだ小さいうちはベビーシッターに手伝ってもらう必要がある。でも、わたしは子供を誰かに預けてまで世界じゅうを飛びまわったりはしない。あの子のそばを片時も離れるつもりはないの。そして、あなたにもそこにいてほしいと思っている」

　エイダンの目を見つめる彼女の表情は真剣そのものだった。この時点までエイダンには彼女がそういう思いでいるとはわからなかった。彼がノックスの人生にかかわることにバイオレットは納得している様子だが、まだ二週間しかたっていない。二人が待ちわびていた親子鑑定の結果が出たばかりで、彼女の弁護士と一緒に養育の取り決めに関する草案に目を通しただけにすぎない。数カ月後、数年後も、彼女は同じ気持ちでいてくれるのだろうか。彼女の両親やマンハッタンの社交界が、ノックスの父親はどこの馬の骨とも知れない貧しい男だと知ったときは？

「本当よ」バイオレットが続けた。「わたしたち二人のあいだに何が起ころうとも、あなたにはノックスの人生にできるだけ多くかかわってほしい。ノックスはそれに値するわ。あなたもよ」

　バイオレットは手を伸ばして、ベビーカーのハンドルを握る彼の手に重ねた。オフィスで触れたときと同じように彼女の手は温かくて心地よかった。誰かにこんなふうに優しく触れられたのはいつ以来だろう。母さんが亡くなって以来じゃないか？　エイダンは落ち着かない気持ちで彼女の手を見おろした。

こんな公共の場で感極まるわけにはいかない。

「ありがとう」ようやくそう言った。「ぼくの父もほとんど家にいなかった。パブにいるか、酔っ払って寝ているかだった。アルコール依存症だったからパブを開いたのか、パブを経営したから依存症になったのかはわからないが、結果は同じことだ。いつも酔っ払っているか、二日酔いのどちらかで、父親らしいことを何一つしてもらったことがない。高校の野球の大会でさえ一度も来てくれなかった。母がその埋め合わせをしようと頑張ってくれたが、できることは限られている」

「あなたがそんな父親になるとは思えないわ、エイダン。息子の存在を知ってまだ間もないのに、この子を愛してくれている。誰が見てもわかるわ。あなたは息子を寄せつけないなんてことはしないはず」

「だからぼくは酒を飲まないんだ。気づいていたかい？」

バイオレットは眉をひそめた。「それは気づかなかったわ。でも、説得力があるわね」

「ビールの味もぼくはわからない。わかるのは匂いだけだ。父のようになることをいつも恐れていた。一杯が十杯になって、気づいたら父と同じように深みにはまっているんじゃないかと心配だった。自分自身のためにも、母のためにも、そんなふうになるわけにはいかない。母はすでに父のことで大変な思いをしてきたのだから」

「更生施設が多くの人を助けられるはずよ」

「あれは母のアイデアでね。父は二度リハビリを試みた。最初のうちはなんとかうまくいくものの、家に帰って仕事に戻ると、また悪癖に陥ってしまうんだ。母はいつも、父には二十八日以上の期間が必要だと言っていた。快適な状況で断酒に適応できるよう、移行期を過ごすための場所が必要なんだと。母は父の自滅を止められない自分を情けなく思っていたし、実際、父は自滅したようなものだ。三年ほど前に肝不全で亡くなったから。それでぼくは広告代理店の仕事を辞めて〈マーフィーズ〉を継いだんだ」

「待って。広告代理店で働いていたの？」

エイダンは眉をひそめた。彼女にその話をしていなかったのか。ぼくたちはろくに話をしていなかったんだな。「そう。大学を卒業してから五年間、広告代理店で重役を務めていた。大企業のキャンペーンをいくつか成功させて、社内では出世頭だった。たしかに今とは違う人生を送っていたね」

「仕事が恋しくなることは？」

「がっかりさせたくはないが、それはない。自分を高めようとしたものの、貧しかったころ以上に幸せにはなれないことに気づいたんだ。みじめなものだった。成功してもみじめだった。パブの経営はものすごく重要な仕事でも高給の取れる仕事でもないが、ぼくはあそこにいる従業員と客が大好きなんだ。毎日仕事に行くのが楽しくてしかたがない。話し相手を必要としている人がいるときに、自分がそこにいられるのも悪くない。毎日、いろいろな経験ができるしね。そういう点が気に入っている」

バイオレットはこの話にぽかんとしている。「あなたはパブ一筋でやってきたと思っていたわ。まさか広告代理店にいたとは……」彼女は首を振った。「わたしたち、お互いに知らないことだらけね」

「そうだね。ぼくがヘルズ・キッチンにいい部屋を持っているのも広告代理店にいたおかげなんだ。そこでの稼ぎを頭金にして購入した。そうでなければ、今ごろとても住んでいられないよ」

「持ち家なの？　それも気づかなかったわ」

「ぼくたちは順番が逆になってしまったと言うしかないな」

二人は歩いてきた公園の小道を引き返し始めた。

考えれば考えるほど、バイオレットと正しい関係を築きたくなってくる。二人の関係は順番がめちゃくちゃだった。最初に子供が生まれ、それから一時的にではあるが一緒に暮らし始めた。お互いの過去についてはほとんど知らない。気持ちはつながっていても、ものごとの順番がまるで逆だ。できれば最初に戻って関係をリセットしたい気分だ。

「きみとぼくにはやらなければならないことがあると思う。とても重要なことだ」

「何かしら？」バイオレットは興味深そうな表情で尋ねた。

「デートだよ。食事と会話を楽しみ、互いのことをよく知るための、正真正銘のデート。バイオレット、ぼくとデートしてくれないか？」

エイダンがデートに出かけたいと言ったとき、バイオレットが思い描いていたのはこんなデートではなかった。キャンドルのともるおしゃれなレストランで食事をしたり、セントラルパークを散歩したりするものと思っていた。普通はそうだろう。だが、エイダンが相手ではけっして普通のデートにはならないと覚悟しておくべきだったのだ。今は午後三時、彼女は五万人の観客とともにヤンキー・スタジアムの入場ゲートにいた。ピッツバーグ・パイレーツとのホームゲームを観戦するために。

野球が嫌いなわけではない。むしろ好きなほうだ。ニアルコス財団はデルタ・スカイ360度スイートの席を持っていて、バイオレットもときどきは利用していた。おもに支援者の接待で。しかし、まさかデートで来ることになるとは想像もしていなかった。〝二時に出かける。服装はカジュアルで〟と言われたときに、何かが違うと気づくべきだった。

とはいえ、興奮に目を輝かせたエイダンを見ていると、来た甲斐《かい》はあったとも思った。彼にとって野球は大切なものなのだ。エイダンの部屋には高校の州大会で優勝したときのトロフィーが飾ってある。彼から息子への初めての贈り物は、ヤンキースのジャージとオレンジより小さいグローブだった。だからエイダンにとっては試合を観に来ることは貴重な体験で、それをバイオレットと二人で分かち合いたいと思っているのだろう。

バイオレットはそれを肝に銘じつつ、チケットに目を落としている彼の横で立ち止まった。試合を楽しめる別の方法があることをふと思い出したのだ。

「財団のボックス席が空いているか見てみる?」

エイダンは自分たちのチケットの座席番号に目をやり、関心なさそうに肩をすくめた。「きみが席を持っていることを忘れていたよ。きみの好きにすればいい」

バイオレットはがっかりした気持ちを隠そうとした。財団のしゃれたボックス席に座れることを彼がもっと喜んでくれると思っていた。「今日はすごく暑いでしょう。少なくともエアコンの効いた席に座れるし、専用のトイレもあるわ。あなたが喜ぶだろうと思ったの」

エイダンはうなずいた。「ぼくたちの席は直射日光が当たる。きみが暑いのなら、ボックス席が空いているか見に行って、日が沈んでからフィールドの近くに移動するのもいいかもしれない。そうでないと、この三十ドルのチケットを無駄にすることになるからね」彼は笑顔で付け加えた。

バイオレットはエイダンが彼女の提案に気を悪くしていないことを祈りながら笑みを返した。実は、彼女は普通の席に座ったことがなかった。父がそうさせてくれなかったのだ。父は大の野球ファンだった。ボックス席を持っている理由の半分はそれだ。財団の設立は、父にとってはボックス席を手に入れる口実にすぎなかった。もし父とエイダンを引き合わせることになったとき、野球好きであることは二人の共通点の一つとなりえる。

それでも残念ながら、常に批判的な父を満足させるには充分ではないだろうけれど。

でも今日だけは、そんな心配はしたくない。両親は今ごろイスタンブールにいるのだし、わたしはただエイダンとの午後を楽しみたいだけ。バイオレットはスタジアムの横手にあるボックス席に通じる階段までエイダンを案内した。

「こんにちは、エディ」ボックス席の東側入口を監視している警備員に近づいていって笑顔で声をかけた。「今日はニアルコス財団のボックス席を使う人はいる？　父が友人の誰かに使わせているか、出かける前に確認するのを忘れてしまって」

ダークブラウンの肌と優しい目をした大柄で筋肉質の男性は、タブレットに目を落とし、首を振った。

「いいえ、今日は空いていますよ、ミス・ニアルコス。お連れ様も一緒にここで試合をご覧になりますか？」

「しばらくのあいだね。涼しくなるまで」

「給仕係に伝えておきます」

「今日はＶＩＰもたくさん来ているの？」ときには俳優や政治家やロックスターがホールをぶらついていたり、試合を観戦したりしていることもあった。

「あなたより重要な人物のことですか？」エディはほほえみながら尋ねた。「それならいらっしゃいませんよ」

バイオレットはおどけてエディの腕をたたいた。

「お世辞が上手なんだから」そしてエイダンのもとへ戻り、彼の手を取った。「行きましょう」

財団のボックス席に着くのにそう時間はかからなかった。ホームベースのやや右側で、球場を一望できる最高の場所だ。プライベート・ケータリングとラウンジ・エリアを通り過ぎて奥へ進むと、壁いっぱいの窓と二十人以上座れそうな座席の列が見えてきた。

　ここで大きなイベントが開催されるときは、ケータリングの大皿料理や輸入もののワインやビールを楽しむ人々で部屋がいっぱいになる。だが今は、この広い空間には誰もいない。

「ここをもっと使えばいいのにと思うわ。ときにはチャリティイベントでボックス席の使用権をオークションにかけたり、支援者を招待したりすることもあるけど、たいていはこんなふうにがら空きなの。ボーイスカウトやガールスカウトのような子供たちの活動団体に紹介するなり、〈メイク・ア・ウィッシュ〉のような財団に連絡するなりして、使ってもらうべきよ。もったいないわ」バイオレットは窓の外に目をやった。両チームとも、まだグラウンドでウォーミングアップをしている。「それで、どう？　気に入った？　お気に召さなければ、ここにいなくてもいいのよ」

　エイダンが答えないので、バイオレットは振り返った。彼は目を丸くして呆気《あっけ》に取られていた。

「エイダン？　どうしたの？」

　エイダンは球場のみごとな景色から視線をはずして言った。「こいつはなかなかのものだ」

　バイオレットは顔をしかめた。「気に入らないのね」

「いや、すごくいかしてると思うよ。ボックス席に座れるんだから、もっとわくわくするべきなのだろうが……でも、なんだか、何かが足りない気がするんだ。まるで家のテレビで見ているみたいだ。人間味が感じられない」

　ドアをノックする音がして、ＶＩＰスイートの担当であることを示す黒ずくめの制服を着た給仕係が現れた。「こんにちは。試合が始まる前に何かお持ちしましょうか？」

バイオレットはエイダンに目をやった。彼もこの特典は喜んでくれるのではないかと思いながら。

「何か注文する？　バーもあるし、お料理もいろいろあるわ。寿司《すし》職人もいるの」

「本当に？」

ヤンキースの帽子を目深にかぶったエイダンの表情を読み取るのは難しかったが、寿司に興味を引かれていないのは確かなようだ。「今はいいみたい、ありがとう」バイオレットはそう言って給仕係を下がらせた。

ドアが閉まると、エイダンは腕組みをしてくすくす笑った。「いつもここで試合を観るのかい？」

「そうよ。たまにスカイバーへ行くこともあるけど」

「アメリカの野球を楽しみながらマティーニや寿司を飲み食いするところかい？」

エイダンはわたしをからかっている。わたしがからかわれることに慣れていないのを承知で、わざとそうしているのだ。「ボックス席がここにあるのよ。座ってみない手はないでしょう」

エイダンはただ首を振った。そして最後にもう一度部屋を見まわし、手を差し出した。「行こう。ぼくが本物の野球を体験させてあげるよ」

バイオレットはためらった。

「ほら、これはデートだぞ。もともとぼくは、安い席に座って、ソーダを飲み、ナチョスを分け合って食べながら、審判に向かって叫ぶつもりで来たんだ。金持ちがそうでない者たちとの接触を避けるためにあるような、こぎれいでしゃれた場所に座るのはごめんだ」

「だからって――」バイオレットは反論しようとしたが、エイダンがそれをさえぎった。

「さあ、バイオレット。まずはヤンキースのTシャツを買うところから始めよう」

エイダンの手を取ったバイオレットは、いつの間にかスタジアムの見たこともない場所にいた。真新しいヤンキースのＴシャツを着て、エイダンと子供連れの家族のあいだに座っている。

彼は正しかった。ここで試合を観ると、たしかに雰囲気が違う。観衆のエネルギーが感じられ、炒《い》ったピーナッツと刈りたての草の匂いがし、選手たちの姿も小さな白い靄《もや》にしか見えないこともない。エイダンはプラスチックカップに入った冷たいレモネードを二つ買い、それからホットドッグを食べ、大きな容器に入ったナチョスを分け合った。

ヤンキースの選手がホームランを打てば、バイオレットもほかの観客たちと一緒に興奮して席から飛び上がり、大声でチームを応援した。そして七回表が終了したあとのリフレッシュタイムでは、観客全員で《わたしを野球に連れてって》を歌った。

九回表には日が沈み、明るい照明が観客席を照らした。試合自体は大差がつき、終了を待たずに帰っていく人々もすでにいたが、バイオレットはまだ帰る気にはなれなかった。脂ぎった球場のファストフードで満腹になり、エイダンを見ては笑顔にならずにはいられなかった。

「さて、どうする？」彼が尋ねた。「ボックス席に戻って寿司でも食べるか？」

バイオレットは一瞬たじろぎ、首を振った。「いいえ、あなたの言うとおりよ。こちらで観るほうがずっと楽しかった。どうして父はそうさせてくれなかったのかと思ってしまうわ」

エイダンは驚いて赤毛の眉を上げた。「そうさせてくれなかった？　ぼくにはこう言って食ってかかってきたくせに。人に指図はされない、自分のことは自分で決めるって」

バイオレットはため息をついた。「父は違うの。昔ながらのギリシア人でね。わたしが立派なギリシア人の男性と結婚してギリシア人の子供をたくさん産むことが父の何よりの願いなのよ」

「みごとな反逆ぶりじゃないか」エイダンはほほえんだ。「アイルランド人の子供を産んで、安い席でナチョスを食べて……次は何をする？」

彼の言うとおりだ。最近のわたしはかなり反抗的で、エイダンがその原因だ。バイオレットにはそれが楽しかった。彼はわたしの狭い世界観を広げて、人生を楽しませてくれている。これまで経験したことのない感情を呼び起こしてくれたのも彼だ。でも、それだけでは足りない。彼がもっと欲しい。わたしの震える体からもっと官能を引き出してほしい。バイオレットはボックス席を見上げ、ふと思いついたみだらなアイデアにほほえんだ。

「やっぱり行くわ。帰る前にボックス席へ戻らなきゃいけないことを思い出したから」

「どうして？　忘れ物でもしたのか？」

バイオレットは首を振り、彼の耳たぶに柔らかな唇をこすりつけた。耳たぶをそっと噛《か》むと、彼の全身に震えが走るのがわかった。「ヤンキー・スタジアムでセックスをしたいと思ったことはある？」

エイダンは驚いて体を引き、いたずらっぽく眉を上げて彼女を見つめた。まもなくその瞳に情熱の炎が燃え上がった。「そんなことをしようなんて考えてもみなかったけど、きみがそう言うのなら……」

エイダンはバイオレットの腰に腕をまわし、彼女を引き寄せた。「ぜひとも」

エイダンはさっと立ち上がり、手を差し出した。バイオレットはその手を取り、二人はボックス席へ戻っていった。一歩進むごとに欲望がつのっていく。プライベート・スイートに入ると、バイオレットはドアに鍵をかけ、ドアにもたれかかった。

「お楽しみの時間よ」

8

エイダンは旅行鞄《かばん》を肩にかけ、キャスターつきの鞄を後ろ手に引いて、バイオレットのアパートメントの外の歩道で立ち止まった。タラとノックスはすでに上へ向かっており、バイオレットはタクシーの運転手がトランクから降ろした鞄を受け取っている。

「全部ちゃんと直っているのは確かなんだね？」エイダンはもう一度尋ねた。バイオレットの部屋の修繕が完了したのでもう戻っていいと、今朝、修繕業者から電話が入ったのだ。予定より一日早かった。構造自体は想定したほどの損傷がなく、表面部分の修繕ですんだらしい。バイオレットとノックスのことを考えれば喜ぶべきなのだろうが、エイダンは喜べなかった。家族としてもう一日過ごせると思っていたのに、電話が一本入ったせいで、今こうして彼女の荷物を運ぶのを手伝っている。

「確かよ、エイダン」バイオレットはうんざりしたようにため息をつきながら言った。たしかに、自宅へ帰れると聞かされてから何度も同じことを尋ねて彼女をうるさがらせている。

だけど、しかたがないだろう？

ぼくはまだ、水もれ前の生活に戻る心の準備ができていない。あれを機に母子との仲は急接近し、一緒に過ごせるようになった。そうでなければ、ここまで来るのに何週間、何カ月もかかるところだ。朝はリビングルームから聞こえるノックスの笑い声で目覚め、夜はバイオレットを抱いて寝る。それが好きだった。一緒に食事をするのも、一緒に食料を買いに行くのも。そんな単純なことが楽しくてたまらなかった。

まるで……まるで家族のようだった。彼女の弁護士と合意した共同養育ではなく、本物の家族だ。

バイオレットは鞄を歩道におろすと、彼に言った。「何も外国へ行こうっていうんじゃないのよ。街のあちらからこちらへ戻るだけ。わたしたちの居場所もわかっているわけだし」彼女はエイダンの唇にキスをすると、安心させるように頬を撫《な》でた。

「ああ」そんなことはわかっている。ただ、それが気に入らないのだ。家族と一緒にいたい。だがそんなことを口にしたら、彼女は警戒して距離を置こうとするかもしれない。まだ早すぎる。それでも自分の気持ちは確かなものだった。アイリスに対してこれほど確かな思いを抱いたことはなかった。

そのとき、エイダンは歩道を歩いてくる男に気づいた。こちらに向かって手を振っているが、その相手はバイオレットだろう。エイダンは会ったこともない男だった。

「バイオレット、あの男はきみに話があるようだ」

バイオレットはエイダンから一歩離れて振り返った。近づいてくる男を見たとたん、明るかった彼女の表情が曇った。「いやだわ。帰ってきてまだ五分しかたっていないのに、もう現れるなんて」

「バイオレット！」誰なのかとエイダンが尋ねる前に、男が叫んだ。

エイダンは勘が鋭いほうだ。男は高価なスーツを着ているが、その笑みはエイダンにはひどく偽善的に見えた。まるで車のセールスマンみたいだ。売るのはジャガーかもしれないが。エイダンには目もくれずに前を通り過ぎ、バイオレットの腕に手をかけるあたり、まさに車のセールスマンそのものだ。

「やっと見つけたよ。何日もきみを捜していたのに、ドアをノックしても誰も出なかった」

バイオレットは彼の手から逃れて言った。「一週間、留守にしていたのよ、ボー。部屋が水浸しになったから直してもらっていたの」

「水浸し？　ぼくに電話をくれれば全部手配したのに」

バイオレットはいらだった様子で顔をしかめ、両手を腰に当てた。一度は彼女と婚約までしていた男が、なぜ彼女の反応から察することができないのか、エイダンにはさっぱりわからなかった。

「どうしてあなたに電話するのよ？　もうつきあってもいないのに。別れて半年たつのよ。それに、手配くらい自分でできるわ。あなたに何もかもやってもらう必要はないの」

「もちろんそうだね、ハニー。それにしても、一週間どこにいたんだ？」ボーは、自分には関係ないことなのも、バイオレットが自分と話したがっていないことも気にせず尋ねた。

「ぼくのところだ」エイダンは話に割って入った。

ボーはバイオレットの許可を得ずに彼女に触れ、彼女をハニーと呼び、彼女の能力を疑問視し、エイダンの存在を完全に無視した。今、そのすべてを変えてやるつもりだ。

ボーは、エイダンがそこにいることに初めて気づいたかのように顔を向けた。「おや、タクシーの運転手だと思っていたよ」

エイダンは一戦交えようと身構えたが、バイオレットが手で制した。「失礼な態度はやめて、ボー。彼がわたしと一緒にここにいるのはわかっていたくせに。あなたは突然現れて、わたしのすること全部に文句をつけ、あげくの果てにわたしの客人に無礼を働いた。それを黙って見ているつもりはないわよ。なんの用か言ったらどう？　そうすればあなたは帰れるし、わたしは荷物を持って上がれるわ」

ボーは、バイオレットが強気に出るのはおまえのせいだと言わんばかりに、嫌悪に満ちた目でエイダンを見た。「ただ様子を見に来ただけさ。電話も返してくれないから」

「わたしは元気よ、ありがとう。電話を返さなかったのは、もうつきあっていないからよ」

「それはわかっている。でも――」

「〝でも〟はなしよ、ボー。親子鑑定の結果が出たときに、あなたとは別れるとはっきり言ったのに、あなたもわたしの両親も耳を貸そうとしなかった。だから言っておくわ。わたしは今、ほかの人とつきあっている。話はそれでおしまいよ」

「この男か？」ボーは親指でエイダンのほうを指して言った。

「ええ」バイオレットはきっぱり答えた。

「誰なんだ？」

「ノックスの父親よ」堂々とした彼女の言葉にエイダンは驚いた。

これまでバイオレットはエイダンとの関係、とくにノックスにかかわる部分について、人に知られることに消極的だった。だが、それが変わったようだ。彼女は、世間が二人のことをとやかく言い始める前に、平然としていられるようになりたいのだろう。そして実際、そうなりつつあるようだ。

「父親が誰なのかわからないんだと思っていたよ」

「わからなかったわ。わかっていたら、九カ月のあいだ、あなたやみんなに気を持たせたりしなかった。でも、あの一週間のうちの一部の記憶が戻ったの」

「一部？　全部じゃないのか？」ボーは不安げに眉根を寄せて尋ねた。

「全部じゃないわ。エイダンと出会ったときのことだけ。思い出してから、彼とまたつきあっているの。あなたに話せるのはそれだけ」

ボーの不安げな表情は消え、彼は腕組みをした。

「きみの両親は知っているのか……彼のことを？」

苦虫を噛《か》みつぶすような顔で〝彼〟と言った。

エイダンは、自分がどれほどひどい恰好《かっこう》をしているのか見おろしたくなった。はき心地のいいジーンズに、自分の店の名が入ったぴったりしたTシャツ。バイオレットの部屋に荷物を運んでいるのだから、めかしこんではいないのは当然だ。それなのに、この元婚約者はエイダンがバイオレットには釣り合わないと思っているらしい。

そのとおりかもしれないが、大事なのはバイオレットがどう思っているか、それだけだ。今のところ、ぼくに満足しているようだ。ノックスの父親であること、そして今つきあっていることを明言するのになんのためらいも見せなかった。ましてや、すぐさまそれを彼女の両親やその友人たちに伝えるであろうボーに言ったことにエイダンは驚いていた。

「あなたには関係ないけど、いちおう言っておくわ。答えはノーよ。両親にはまだ話していない。しばらくアメリカを離れているから。でも、帰ってきたら話すつもりよ。あなた、飛んで帰って誰かに話したりしたら後悔することになるわよ。わかった？」

バイオレットの脅しに、ボーの虚勢が一瞬かすかに揺らいだ。だが、彼はすぐに自分を取り戻して言い返した。「元婚約者が誰と寝ているか触れまわって、貴重な時間を無駄にすると思っているのか？その相手が自分じゃないかぎり、気にしやしないよ。頭を冷やしたら電話してくれ」そう言うと、ボーはエイダンを一瞥《いちべつ》もせずに去っていった。

バイオレットとエイダンは、何ごともなかったように歩み去って人ごみの中に消えていくボーを見送った。「いやみな男だな」エイダンは言った。「ぼくとつきあっていなかったら、きみの男の趣味を疑うところだ」

「自分でもそう思うわ。だけど正確に言えば、わたしがボーを選んだわけじゃないの。彼とは幼なじみで、いつか結婚するんだろうとなんとなく思われていたのよ。百年早く生まれていたら、結婚を決められていたでしょうね。でも今の時代だから、両親はわたしたちが一緒になるよう、まわりから圧力をかけるだけにとどまったというわけ」

「なんであんなやつと結婚させたいのかわからないね」

バイオレットは鞄の持ち手をつかむと、建物の入口へ向かった。「たぶん、家族同士が古いつきあいだということと、年がほぼ同じこと、家柄がいいこと、あとはもちろん、ギリシア人なのが理由でしょうね。表面上はお似合いに見えるかもしれないけど、実際はそうでもないと、ずっと言い続けているんだけど」

エイダンは首を振り、彼女に続いて中へ入った。「ぼくがきみの父親だったら、彼がきみにどんなふるまいをするかを一番に考えるけどね。〈マーフィーズ〉に来た夜のきみを見れば、好ましいふるまいだったとはとうてい思えない」

バイオレットは大理石と真鍮《しんちゅう》のロビーで足を止め、振り返った。「あの夜、わたし何か話した？さっきボーに言ったとおり、あの週のことを全部思い出したわけじゃないの。あなたのことだけなのよ。なぜ動転していたのかも、なぜあの夜あなたの店へ行ったのかも思い出せないの」

そういえば、彼女の記憶喪失について、このところあまり話し合っていなかった。最初は都合のいい言い訳だと思っていたが、今の彼女の言い方を聞くと、本当なのだろうという思いが強くなった。「何も言わなかった。というか、何も話したくないと言っていた。きみが言ったのは、彼氏が〝ろくでなし〟だってことと、しばらくのあいだ何もかも忘れたいってことだけだ」

バイオレットは目をくるりとまわしてからエレベーターのほうを向いた。「めったなことを願うものじゃないわね」

部屋の仕上がりは申し分なかった。乾ききっていないペンキの匂いがかすかに残っていなければ、キッチンで一騒動あったとは思えないほどだ。ノックスは機嫌よく昼寝につき、そのあいだにバイオレットとエイダンとタラは荷ほどきをした。バイオレットは洗濯機をセットすると、エイダンとともにアイスティーを持ってリビングルームのソファに座った。

「あの男は本物のろくでなしだ」エイダンが言った。ボーが去って一時間以上たつというのに、誰の話をしているのかバイオレットにもわかった。

元婚約者がろくでなしなのは充分に承知している。彼を裏切って別の人の子供を産んだのは悪かったとはいえ、どう考えても自分にとってふさわしい相手ではなかった。「わかっているわ。かつてわたしを惹《ひ》きつけた大学時代の姿が今の彼にも垣間見えるときはあるけど、年を重ねるにつれてそういうこともめっきり減った。何よりも怖いのは、もう少しで彼と結婚するところだったことよ。妊娠がわかったとき、わたしはものすごくあわてた。事故のあと、ボーとの関係はとてもいい感じだったけど、それがいつまでも続くわけじゃないのはわかっていたから。妊娠したということは、彼から離れるチャンスがなくなるということだった。子供ができたからには彼と結婚して、それで一件落着。少なくとも双方の家族や友人たちはそう考えたの。

わたしは、結婚式は出産が終わってからにしたいと言い張った。産後のおなかが大きくない姿で式を挙げたいという見栄だろうとみんなは思っていたけど、本当はなんとか先延ばしにしたかっただけ。そしてノックスが真っ赤な髪で生まれてきて、わたしを救ってくれた。ボーはさっさと出生証明書の父親欄に記名して自分の苗字《みょうじ》を継がせたがったけど、わたしはそれを拒んで、親子鑑定が先だと言った。勘が働いたのね。鑑定結果が出て、それが正しかったことがわかった。もしノックスがわたしの黒い髪と瞳を受け継いでいたら、父親がボーであることに疑問を持たずに結婚していたかもしれないわ」

自分がミセス・ボー・ロッソになることを考えただけでぞっとし、バイオレットは首を振ってその考えを振り払った。誰にも話さなかったが、妊娠中はとまどいの日々を過ごした。はじめは事故のせいだと考えたが、そうではない気もした。夜になってベッドに入ると、大きな婚約指輪を眺め、おなかの中でノックスが動くのを感じながら、何かが間違っていると感じるのはなぜだろうと考えた。事故以来、ボーにどこか違和感を覚えていたが、それがなんなのかはわからなかった。記憶が戻ればそれも解決するだろうと思ったものの、エイダンと過ごした記憶がよみがえっても答えはわからないままだった。記憶喪失はどうしようもなくもどかしい病気だ。言葉が舌の先まで出かかっているのに、そこで止まってしまう、そんな感じだ。

「ぼくも間違った相手と結婚しかけた。結婚前に気づいて、きみもぼくも運がよかった」

バイオレットは驚いて彼を見つめた。これまで婚約者のことなど聞いたことがなかった。でも、ボーのことを除けば互いの過去を掘り起こすほど長い時間をともに過ごしたわけでもないのだから無理もない。「何があったか訊《き》いてもいい？」

エイダンはため息をつき、顎に手を当てた。「長いバージョンと短いバージョン、どっちがいい？」

「長いほう」バイオレットは彼の中にある嫌悪感を感じ取ったが、それがどこから来るものなのかは測りかねた。彼はどうも金持ちが好きではないようで、バイオレットの富に対してもいい感情を持っていない。彼女の行動そのものが気に入らないわけではなさそうだが、それでも彼の怒りが伝わってくることがときどきある。今、その怒りの発端はここにあるのではないだろうかという気がしていた。

「広告代理店で働いていたころ、アイリスという女性とつきあっていた。彼女は企業の顧問弁護士で、パーティで出会った。三年ほどつきあったあと、ぼくはプロポーズすることにした。彼女の好みはわかっていて、要は高価なものが好きだったんだが、そのころのぼくにはそれは問題じゃなかった。より高いところを目指していたから、高級志向のハイクラスな女性とつきあうのもその一つだと思っていた。彼女のしたいようにさせることができたし、何か買って喜ばせることもできた。それはそれでいいと思っていた。ぼくの間違いは、彼女との関係はそれとは別の次元の上に成り立っていると勘違いしていた点だ」

バイオレットは胃がきりきりしだすのを感じた。すでに、この話の行き着く先が見えていた。これまでもアイリスを見てきた。エイダンの知るアイリスその人ではないが、お金の切れ目が縁の切れ目と考える女性たちだ。彼女たちはお金が底をついたら、新たな金づるを探す。

「とにかく、父が亡くなって〈マーフィーズ〉を継ぐために広告の仕事を辞めると決めたとき、ぼくは愚かにもアイリスも力になってくれると思った。だが彼女は違った。それどころか、大ばかだと言ってぼくを捨てて、さっさとぼくのいた会社の経営陣の一人に乗り換えた。あんまり早かったから、それ以前からできていたんじゃないかと思ったほどだ」

「ひどい話ね」別れるにしても、別れ方があまりにも残酷だ。そんな女性はエイダンにふさわしくない。そう考えると、自身も彼にふさわしいのかわからなくなる。なにしろ、ボーを裏切ってエイダンと浮気したのだ。まったく自分らしくない行動で、そんなことをした理由が自分でもわからないのがもどかしい。でも、実際にそういう行動を取ったことはノックスの存在が物語っている。となると、自分はアイリスとたいして変わらないのではないだろうか？

「愛しているはずの人に、なぜそんなことができるのかしら？」思いとは裏腹にバイオレットは言った。ボーを裏切ったのは、たぶん、彼に対する気持ちがあいまいだったからだろう。あのころ、二人はよく喧嘩《けんか》をしていた。

エイダンは肩をすくめ、考えをめぐらせながら紅茶を飲んだ。「ぼくより金が好きだったんだろうね。店別れたあと、婚約指輪を返してもくれなかった。店を立て直すためにぼくが一ペニーすら惜しんでいたのを知っていたのに。彼女の優先順位がおかしいことに気づくべきだったが、考えてみれば、この街には彼女みたいな考えの人間が大勢いるな。金持ちほど金が好きで、金を欲しがる。金のためならなんでもする」

バイオレットは彼が腹を立てる理由は理解できたものの、その苦々しい口調が気に障った。「どうかしら。欲張りな金持ちはどこにでもいる。でも、みんながみんなそうじゃないわよ」

「そうかな？　ぼくが金持ちにうんざりしているのは認めるが、そうなるだけの理由があるんだ。ボーみたいな、金儲《かねもう》けのためならなんでもするウォール街の連中……ばか高い薬代が払えないというだけでぼくの母を見殺しにした製薬会社……ボーにいたっては、ほかの男の子供だとわかっている子を自分の子にしようとまでした。ただ――」

バイオレットははっとして背筋を伸ばした。「ただ、何？」

エイダンは肩をすくめた。「さあ。もしかしたらぼくの勘違いで、彼は何があろうときみと赤ん坊を愛していたのかもしれない。だが、きみと結婚してニアルコス家の金を手に入れるためになんでも受け入れようとしたというほうがありうる話だと思うな、ぼくの経験から言って」

バイオレットもその心配をしていた。誰とつきあっても、その思いは常に頭の片隅にあった。周囲にいるたいていの男性は、彼女には少なくとも二億ドルの価値があると知っている。幼なじみのボーなら違うかもしれない。彼ならわたしのことを本当に思ってくれているかもしれない。なんとなくそう考えていたが、こうしてエイダンにはっきり指摘されると、彼の言うとおりなのがわかった。ボーは莫大な財産の相続人を手に入れたいだけなのだ。わたしが何をしようとわたしのもとに戻ってきたのは、そもそもわたしがすることなどどうでもよかったからだ。愛してもいなかったのだろう。ただ、わたしの夫であることで得られる生活——すなわち名声が欲しかっただけなのだ。彼とその家族は裕福だとはいえ、ニアルコス家ほどの桁違いの金持ちではない。わたしと結婚することでプライベートジェットもヨットも手に入るし、望むなら一日も働かなくても生きていける。それには愛も互いに対する尊重も関係ない。それはバイオレットの望む結婚ではなかった。

「ボーのことはあなたの言うとおりかもしれない。それにアイリスのことも。わたしたち、ロマンスの相手を選ぶのはあまり得意じゃないみたいね。でも、誰もが同じように考えているとは思いたくないの。お金と地位がすべてじゃないわ」

それを聞いてエイダンは笑った。「そんなことを言うのは、金と地位を持っている人間だけだよ。男と女が別れる一番の理由は金の問題らしいぞ」

「まじめに言っているのよ」バイオレットは言い張った。「経済的に安定していて社会的な知名度が高いのはいいことであっても、男女の関係の中ではいちばん重要なことではないわ。もしそうなら金持ちはけっして離婚しないことになるけど、あちこちで離婚した話を聞くもの」

エイダンは物問いたげにバイオレットを見た。

「じゃあ、いちばん重要なのはなんだと思う？」

それについてはボーと別れてから何度も考えた。同じ間違いを繰り返したくなかったから、自分がパートナーに何を求めるのか、はっきりさせようと真剣に考えた。「人は相性と愛情で惹かれ合うけど、関係を長続きさせるためにはしっかりした土台が必要だわ。それを築くのが、お互いへの信頼や尊敬、思いやりね。困難が生じたときにパートナーがそばにいてくれると信じられなければだめ。お父さんの店を継いだときのあなたみたいにお金も地位も失ったときでも、味方になってくれると信じられないとね。わたしにとっては、そういうことがほかの何よりも大事なの。もしまた婚約するとしたら、それを求めるわ」

エイダンが笑みを浮かべながら顔を近づけ、バイオレットをどきどきさせた。「つまり、ぼくみたいな貧乏人でも、きみみたいな金持ちで成功している美女の心を射止めて自分のものにするチャンスがあるってことかな？」

彼はからかうような目でそう言ったが、本当のところは冗談ではないのがバイオレットにはわかった。エイダンは、自分がわたしに釣り合わないと思っている。そう思うと胸が痛んだ。彼はなぜわたしをそんなふうに偶像視するのだろう？　アイリスとの一件で、自分はわたしに愛されるに値しないと感じているのだ。アイリスの首を絞めてやりたくなる。

「もちろんあるわよ」エイダンの手を取り、優しく握った。彼の手のぬくもりで体を流れる血が温まり、室内は涼しいのに急に顔がほてってきた。「あなたにチャンスがなかったら、わたしとあなたが一度ならず二度もかかわることなんてなかったはずだわ。

わたしは簡単に体の関係を持つタイプじゃないのだから」

エイダンは彼女の顔をしばらく探るように見てから、うなずいて手を離した。「覚えておこう。もう帰るよ。土曜のパーティまでに店を休めるのは今夜しかない。やっておくべきことが山ほどあるんだ」

二人は立ち上がり、バイオレットは彼に続いて玄関へ向かった。彼が帰ってしまうと思うとつらかった。普段なら誰かとつきあっているときでも一人の時間を持つのが好きなのに、今は、彼の首に腕をまわして引き留めたいという衝動と闘っている。まだ彼と離れたくない。

なぜこんなに短い期間でエイダンに夢中になってしまったのだろう？　ボーとつきあっているときは、こんな気持ちになったことはなかった。「行かないで」あれこれ考えすぎないうちに、小さな声でそう言った。

エイダンはドアノブに手をかけたまま、まじまじとバイオレットを見つめた。「ほぼ一週間一緒にいて、ぼくにはもううんざりしているかと思ったが」

「自分でもそう思っていたわ」バイオレットはほほえみながら言った。「でも、意外なことにそうじゃなかったみたい」

エイダンはドアノブから手を離し、その手をバイオレットの腰にまわして体を近づけた。このまま彼に抱きついてベッドルームへ引きずり込んでしまいたくなる。彼が隣にいないと、どうやって眠ればいいのかわからなかった。

エイダンの首に顔をうずめ、その肌のぬくもりと脈を唇に感じた。「だから行かないで」彼の耳元でささやく。

「わかったよ。きみがそこまで言うなら」

9

午後は時間がたつのがひどく遅く感じられた。泊まっていくようエイダンを説得するのに成功したあとは、彼と抱き合えるときを待つだけだった。彼の隣で眠りにつき、彼の匂いを嗅ぎながら目覚めることにすっかり慣れてしまっていた。彼との関係や彼がノックスの父親であることは、もはやタラには隠していなかったが、だからといって彼女の前であからさまにふるまうこともなかった。そういうわけで、ゆっくりキスをしたり抱きしめられたりするのは、夜ベッドに入る時間までおあずけだった。

キッチンの修繕は終わったものの、棚の中身はまだほとんどがダイニングルームの段ボール箱に入ったままだ。エイダンが中華料理のデリバリーを注文し、そのあいだにバイオレットはノックスにベビー用のシリアルとつぶしたバナナを食べさせた。バナナは——首尾よくノックスの口に入ったぶんは大好評だった。

夜になると、エイダンはチャンス到来とばかりに息子を寝かしつける役目を買って出た。一緒に生活するあいだに彼が見て覚えた寝かしつけのルーティンをなぞるのを、バイオレットは遠くから見守った。おむつを換え、パジャマに着替えさせ、それから急いでロッキングチェアで一緒に揺れてノックスを落ち着かせる。お話や歌を聞かせることもある。もう少し大きくなったら、読み聞かせも始めるつもりだ。エイダンはヤンキースがフィリーズを破った二〇〇九年のワールドシリーズの話をノックスに聞かせ、ノックスはそのあいだずっと彼の腕の中でうっとりと耳を傾けている。

二人が一緒にいるところを見ると、バイオレットはいつも心がなごむ。父親がそばにいることが——少なくとも自分にかかわりを持ってくれる父親がいることがどんなものなのか、バイオレットには今一つわからない。寝るときに相手をしてくれるのはいつもベビーシッターで、あとは両親が家にいるときであれば、母がおでこにキスをしてくれるくらいだった。ベッドの中で聞くお話や、お風呂や子守歌は、両親から与えられるものではなかった。父は父なりにバイオレットを愛してくれたが、それを表に出すタイプではなかった。祖父のスタブロスも同じだったが、バイオレットが生まれたころには、祖父という立場にふさわしい優しさを見せるようになっていた。いつか父もノックスに対して優しくなる日が来るのかもしれないが、バイオレットが子供だったころは、毅然《きぜん》とした態度で距離を置く接し方しか知らなかったようだ。

エイダンの父親も、息子が幼いころから酒の問題をかかえていたから、実際の子育てにはあまりかかわっていなかったのだろう。違うのは、エイダンはそれを言い訳にして息子に冷たく接したりしない点だ。それどころか、父が自分にしてくれた以上のことをしようと頑張っている。

バイオレットには、当初思っていた以上にそれがありがたかった。二人を見ながら、運命のいたずらでエイダンとめぐり合うことになった幸運に感謝した。もしノックスがボーの子供だったとしたら、ボーではこんなふうにはならなかっただろう。彼は妊娠中もほとんど関心を示さなかった。超音波検査をサボり、ラケットボールの試合を棄権させられて参加した安産祈願のパーティのあいだじゅう不機嫌だった。息子ができることを想像するのはよくても、その現実は彼にとって好ましくなかったようだ。

エイダンは突然息子を授かったが、みごとにそれを受け入れた。妊娠期間中も彼と過ごせていたら、いろいろ違っていただろう。彼なら、むくんだ足首をさすったり、旺盛になった食欲を満たすために何か買いに行ったりしただろうか？　たぶんしてくれただろう。なぜなら彼は、自分の人生にかかわる人々を大切にする人だから。バイオレットにとってはそれが何よりも大事なことだった。

ノックスはエイダンの腕の中でうとうとし始めた。エイダンはそっと立ち上がり、息子をベッドまで連れていって寝かせた。

「ぐっすり眠っている」エイダンは振り向きざまに、ドア口から見守っていたバイオレットを見つけてささやいた。「どうだった、ママ？　寝かしつけテストは合格かい？」

バイオレットはほほえんだ。そんなつもりで見ていたわけではないが、彼がすべてをきちんとやろうとしているのはうれしかった。「みごとなものよ」

「ご褒美はもらえるのかな？」いたずらっぽく眉を上げて彼は言った。

「考えてもいいわね」バイオレットはエイダンの手を取り、廊下の先にある自分のベッドルームへ連れていった。中に入りドアを閉めると、彼をベッドまで押していって端に座らせた。そして目を見つめながら、ゆっくり彼の前にひざまずいた。「ご褒美を受け取る準備はいい？」はにかんだ笑みを浮かべて言う。

「ああ」

バイオレットは時間をかけて彼の脚をさすり、続いて腿をジーンズ越しに撫《な》でてから、その手をジーンズの前ボタンにかけた。ボタンをはずし、ジッパーを下げると、手の下で彼の体がこわばるのがわかった。エイダンの協力を得ながらジーンズと黒いボクサーショーツを腰から引きおろして脱がせる。そのあと靴と、そのほかのいらない服が続いた。

まだほとんど触れられていないのに、裸になった彼はすでに張りつめていて、バイオレットを抱く準備ができていた。あらわになった欲望のあかしにバイオレットが手を伸ばすと、彼は鋭く息を吸った。熱を帯び、硬くなったそれを指で包んでゆっくりさする。彼はしばらく息を止めていたが、やがて荒い息をもらした。

「バイオレット」目を固くつぶって彼がささやく。

彼の反応に勇気を得たバイオレットは、唇を近づけ、温かく湿った口で彼を包んだ。口を上下に動かしながら舌でもてあそぶと、エイダンが大きくうめいた。バイオレットの黒髪に指をうずめ、唇を噛《か》んで声を抑えている。

抑えられなくしてあげよう。バイオレットは心に決めた。なんといってもこれはご褒美なのだから。

手と口で愛撫《あいぶ》を続けながらしだいにペースを上げていくと、エイダンは食いしばった歯のあいだから言った。「待ってくれ」バイオレットの手首をつかみ、拷問のようなその動きを止めさせた。「これ以上は耐えられない……タラにぼくたちのことを必要以上に知られたいなら別だけど」

「ごめんなさい」バイオレットは口をとがらせ、悪かったとはみじんも思っていない顔で言った。

「心にもないことを」エイダンは彼女を床からぐいと引っぱり上げ、自分の体の上にのせた。バイオレットが起き上がろうともがいても、抱きしめる彼の腕から逃れられない。「だめだ。さんざん楽しんだんだから、今度はきみが叫び声をあげる番だ」

バイオレットはベッドの上にころがされ、いつの間にか仰向けになって両腕をマットレスに押さえつけられていた。エイダンは片手をずらし、その大きな手で彼女の両手首をつかんで頭の上にやった。バイオレットの腰にまたがり、空いているほうの手で彼女のシャツを押し上げる。シャツを揺するようにして頭と肩から脱がすと、次はブラジャーのフロントホックをはずしてブルーのレースのカップをどかし、引きしまった薔薇色《ばらいろ》の先端をあらわにした。

彼が左胸を手で包んで温かい口に含むと、バイオレットは小さくあえいだ。先端を強く吸われ、身もだえして体を弓なりにそらした。いまや完全にエイダンの言いなりで、腕を動かすこともできない。

やがて彼が口を離した。バイオレットのジーンズとショーツをおろすためだ。脱がされると、バイオレットは新たに得た自由を駆使して彼の顔を自分に近づけた。これでようやくキスができる。エイダンの唇が彼女の唇に激しくぶつかった。前に抱き合ってからまだ丸一日もたっていないのに、なぜか急に、何週間も前だったような気がしてくる。

今夜のエイダンは、さほど性急にはなっていないようだ。キスをしながらも、片手はバイオレットの肌をさまよい、ほてった腿のあいだを探り当てた。そこを撫で、指を中に差し入れて、敏感な肌に手のひらの付け根をこすりつける。ゆっくり円を描くその動きにバイオレットはのぼりつめそうになったが、口から出る叫び声は彼の口でふさがれた。

そしてクライマックスが訪れた。全身を突き抜ける快感で体が震える。これほど早く、これほど激しくのぼりつめたことはなかった。エイダンはわたしの体を知りつくしている。バイオレットは彼の口から口を引きはがし、冷たい空気を胸いっぱいに吸い、オーガズムの激しさにあえいだ。

バイオレットがほとんど動けずに横たわっているあいだに、エイダンは避妊具を探し出し、また隣に戻ってきた。彼と一つになり、またしても体が彼に反応する。だが、以前とは様子が違っていることに気づいた。彼の家で情熱を交わすようになってからまだ一週間だが、新鮮さは気安さとなじみ深さに変わっている。けっしてマンネリ化したわけではなく、手や舌で互いの体に触れるときに、それまでの経験に基づく触れ方をするようになった。エイダンは、どう動き、どう触れればバイオレットが反応するかを完璧に把握している。

こんなふうにわたしの悦《よろこ》びを一番に考えてくれる恋人は初めてだ。今夜だって、エイダンは自分のご褒美を受け取ったうえで、それを二人ともが満足できるかたちに変えてくれた。彼はわたしの欲求を満たすのが先だと心から思ってくれているのだ。

ノックスのこともそうだ。彼はわたしとノックスのことを自分の人生において最優先すべきものだと考えている。仕事やお金よりも。世間の評判や自分のことよりも。わたしはここまで愛されたことは一度もなかった。

これが愛なのだろうか？

今感じているものが愛だというならば、これまでつきあってきた誰からも、本当に愛されたことはなかったと言える。少なくともエイダンのように全身全霊で愛してくれた人はいない。彼が自分の気持ちを口にしたことはなく、それはわたしも同じだが、彼がわたしを大切に思ってくれていることは確かだ。ありがたくて、自分の気持ちを言葉にしたくなる。

彼を愛している。

今夜までは真剣に考えたことがなかったものの、これで自分の本心がはっきりした。二人で過ごした時間はまだわずかでも、自分が欲しいものは何か、頭と心ではわかっている。彼が欲しいのだ。

わたしはどうしようもなくエイダンを愛している。

胸の中心でわき起こった温かい感情が全身に広がっていく。堰《せき》を切ったように感情があふれ出て、体が熱くなり、バイオレットは思いがけず二度目のクライマックスに向かっていった。そしてまもなく自分が達し、彼もまた自身の快楽に屈すると、バイオレットは今にも幸せの涙を流しそうになった。彼に抱きついていたかった。この瞬間をとらえて離さず、永遠に慈しみたかった。

今すぐにでも彼に気持ちを伝えたいという思いがわいたけれど、彼女の中の論理的な一面がそれに勝った。すぐに恋に落ちるのはいいが、それを言葉にするタイミングを誤ってしまうのはまた別の話だ。エイダンのほうはまだ自身の気持ちになじめていないかもしれない。二人のあいだにあるものが希少で特別なものであることを彼が理解するまでには時間が必要かもしれない。

エイダンが隣に崩れるように寝そべると、バイオレットの湿った肌は冷気にさらされ、寒さを覚えた。彼に身を寄せ、腕の中にもぐり込む。そこにいると、守られているようで安心できた。この家の外にあるものはいっさい自分たちに近づくことができないような気がした。たとえば両親の反対も。

それについては彼と話し合わなければならない。それも近いうちに。でも、今夜ではない。両親はまだ東欧のどこかにいるし、自分はエイダンとの時間を楽しみたい。そう思うと不意に気持ちが沈み、ますます強く彼にしがみついた。

こうしていられるのもいつまでかわからない。

翌朝、エイダンは自宅に戻って仕事に出かける支度をした。今日は早番ではないが、自分のシフトの前に母の家から取ってきたいものがあった。

昨夜バイオレットと過ごして、これまで真剣に考えていなかったことを考え始めた。カップルとして過ごした時間はまだ長くないが、朝起きて自宅に戻ったとき、彼女との同居が一時的なものだったことを身に染みて感じた。キッチンの修繕が終わり、バイオレットは自宅に戻った。つまり、エイダンが一瞬で慣れ親しんだことすべてが終わってしまったのだ。ノックスと会うために取り決めた日曜の午後のデートはあるが、バイオレットとのデートと呼べるものはない。

もちろん、ノックスの父親としてその人生にかかわることができるのはうれしい。しかし、それだけでは足りなかった。現実的ではないかもしれないが、本物の家族になりたかった。朝一緒に目覚め、一緒に朝食を食べて一日を始める。一緒に公園や野球場へ出かけ、ノックスの少年野球チームを応援する。一緒に家族旅行に出かけてありふれた写真を撮り、それを額に入れて自宅の壁に飾るのだ。

母の家の玄関ステップをのぼりながら、両親と違って自分とバイオレットは一つ屋根の下に住んでいないのだということを痛感した。両親の結婚生活は完璧にはほど遠かったものの、母は最後まで父を愛し、気にかけていた。二人は家を建て、エイダンが望むかたちで家庭を築いた。

だが、バイオレットはそのようなことを考えるだろうか？　本物の家族だの、結婚だのを。エイダンがノックスのことを知ったときも、結婚の話は出さなかった。それにはちゃんとした理由がある。彼女が結婚に同意するとしたら、それはノックスの存在や、その父親と結婚するべきという社会的圧力からではなく、彼女自身がそうしたいからであってほしかった。

それは、エイダンにとって励みになると同時に怖いことでもあった。どちらにころぶかわからないからだ。バイオレットにイエスと言ってほしい。彼女への感情はまだ芽生えたばかりで自分でも不確かだが、三人で家族になりたいという気持ちははっきりしている。彼女がなんと言おうと、自分としてはできるかぎりのことをするつもりだ。

母の家に入ると、エイダンは階段の下で足を止めた。これまで二階に上がるのを避けてきた。具体的に言えば、母のベッドルームを片づけるのを避けてきた。母が膵臓《すいぞう》がんに屈したあと、つらすぎて母の持ち物を整理して片づけることができなかった。急ぐ必要もなかった。そのまま埃《ほこり》をかぶろうと、箱にしまおうと、これまではどちらでもよかった。

だが、財団からの助成金とこの先に予定されているチャリティイベントで集まる寄付金が入ったら、管理人と第一陣の住人が引っ越してきて、〈モリーズ・ハウス〉は現実のものとなるだろう。そうなると、エイダンにもかなりの作業が発生する。

服やこまごまとした品の大半は、シェルターか、〈サン・ヴァンサン・ド・ポール〉あたりの慈善団体に寄付するつもりだ。このまま使える家具は、キッチン用品とともに新しい住人に使ってもらおう。一時滞在のために、身の回り品が入った鞄《かばん》一つで引っ越してくる人がほとんどのはずだ。

代々家族に伝わる品々はエイダンの自宅へ運ぶことになる。その数は多くはないものの、母がとくに大切にしていたものがいくつかある。ノックスは母方の家族から多くのものを受け継ぐだろうが、エイダンとしては自分の側からも何か受け継がせたかった。何百万ドルという信託財産とは比べるべくもないが、ノックスの曾祖父《そうそふ》の物だった銀の懐中時計は、いつか彼が手にする特別な形見となるだろう。

思い切って階段をのぼり、自分が生まれたときからずっと両親が使っていたベッドルームへ向かった。何もかもが記憶にあるとおりで、違っているのは、誰に顧みられることもなくうっすらと埃をかぶっていることだけだった。室内には母が好きだった薔薇の香水の香りもかすかに残っていた。デパートでこの匂いを嗅ぐだけで目に涙が浮かぶ。ここでも同じだった。

エイダンはあたりを見まわした。するべきことは山ほどあるが、今日探したいものはただ一つ。それだけは、どさくさにまぎれてなくすようなことがあってはいけない。

上に宝石箱がのった古いオーク材の鏡台に向かった。箱の中には祖父の腕時計、母の上質な真珠、エイダンがボーイスカウトでもらった勲章など、母が大事にしていたものが入っている。そして、母の婚約指輪も。

エイダンはその指輪を母から奪いたくはなかった。母を埋葬するときに棺《ひつぎ》へ一緒に入れたかった。だが、母はかたくなに拒んだ。結婚指輪も大事だったが、婚約指輪は特別だった。エイダンの父方の曾祖母のもので、父が母にプロポーズするときに譲り受けたのだ。家族の歴史を語るものであり、母は、それを自分の遺体とともに地中に埋めるのではなく、エイダンが未来の花嫁に渡すことを望んだ。

最後にはエイダンが折れ、指輪を二階に持ってきて母の宝石箱に大事に保管した。そのときは、母が回復して自宅に戻り、また指輪をはめたがるのではないかという希望を持っていた。だがもちろん、そうはならなかった。そして、指輪はこれまでほかの品々と一緒にここに入ったままになっていた。

サテン張りの古いケースは、以前エイダンが置いた場所にそのままあった。もともとこの指輪が入っていたもので、優に八十年はたつので、かなり傷んでいる。蝶番《ちょうつがい》が錆《さ》びついたふたを開け、母がほぼ毎日はめていた懐かしい指輪を見つめた。

エイダンは指輪やダイヤに詳しくないが、母から、アールデコのバレリーナスタイルと呼ばれるものだと聞いている。おそらく、太陽のように真ん中のダイヤを小さなダイヤが放射状に囲んでいるさまを、バレリーナとチュチュになぞらえてそう呼んでいるのだろう。わかるのは、それがとても美しいことと、母が大事にしていたことだけだった。

先祖伝来のものでなければ、父にはこのような指輪を用意することはできなかっただろう。エイダンにしても同じだ。ティファニーにふらりと入って、バイオレットがいつかもらうと思っているであろう数十万ドルもする婚約指輪を買うことはできない。でも、この指輪なら彼女に差し出せる。

もし受け取ってもらえるなら。

彼女の自分に対する気持ちははっきりとはわからなかった。自分の彼女に対する気持ちですらそうだ。だが、毎日彼女とノックスのそばにいたいという気持ちは確かなものだ。日曜の午後と隔週の休暇を一緒に過ごすだけではなく、毎日だ。朝、バイオレットと同じベッドで目覚めたい。今踏み出さなければ、そのチャンスを逃がしてしまうような気がした。バイオレットは、マンハッタンの男たちの理想の結婚相手ナンバーワンと言ってもいい存在だ。ボーがあきらめたとしても、誰か別の男が現れるだろう。そしてボーも黙って引き下がるとは思えない。

バイオレットを手に入れたければ、彼女の生活や家族にもっとふさわしい男が現れる前に気持ちを伝えなければならない。

ほかの誰かが自分に取って代わると思うと、血が煮えくり返った。自分は人の感情というものにはあまり明るくないが、それでも、そんな気持ちになるには何か理由があるということくらいはわかる。その何かのために彼女に結婚を申し込むべきなら、申し込んで、いい結果になることを祈ろう。

指輪を明かりに透かし、指先でまわして色が踊るのを見つめた。バイオレットの指にはめたら、さぞ美しく見えるだろう。

深く息を吸い込み、指輪をケースに戻して一階へ向かった。早いうちに、と自分に言い聞かせる。早いうちに。

10

「大盛況ですね」

バイオレットとアシスタントのベッツィは宴会場の隅に立って、出席者の多さに感心していた。ベッツィの言うとおりだ。彼女はバイオレットが代表になるはるか前からニアルコス財団で働いており、一目見れば催しの成否がわかる。今回はこれまで開いてきた慈善パーティでも一、二を争う出席者の多さで、それがすべてエイダンと〈モリーズ・ハウス〉のためになると思うと、バイオレットはうれしかった。楽団は最高で、ダンスフロアには人があふれている。そこへさらに、衣装や仮面をつけた人々が続々と加わっていく。

「でも、一つお訊《き》きしたいんですけど」ベッツィはさらに言った。

「何？」バイオレットは人ごみの中にエイダンを探したが、まだ見つからなかった。新しいタキシードを着た彼を早く見たくてたまらなかった。いつものぴったりしたジーンズとTシャツという姿もとてつもなくセクシーだが、上等なタキシードを着た男性を見ると、ジェームズ・ボンドが実在しているかのような気分になるのだ。

「ご両親のことです。今夜の招待客リストに載っていませんね」

バイオレットはベッツィの訊《き》き方に引っかかりを感じて彼女に注意を戻した。「それで？」

「これはご両親の財団ですから、どんな催しにも必ずご招待しています」

「今はルーマニアにいるはずよ」バイオレットはそっけなく言った。「ほかの郵便物と一緒に放置されるのがわかっているのに招待状を送っても意味がないでしょう？　わたしたちはお金を集めようとしているのよ。無駄に使うことはないわ」

ベッツィは五十代後半で、そう簡単にごまかされない。鼈甲《べっこう》のめがね越しの厳しいまなざしに、バイオレットはよけいなことを言いすぎたかもしれないと思った。ベッツィの言うとおり、通常は両親を招待している。でも、通常はわたしの恋人であり息子の父親である男性は出席していない。わたしとエイダンが一緒のところを見たら、両親は彼がノックスの父親ではないかと、少なくとも疑いは持つだろう。仮面をつけていても髪の色でわかるはずだ。

そうなれば、今はまだ閉じ込めておきたい厄介ごとがいっきにわき出してくるだろう。両親にはエイダンのことを話していないし、話す心の準備もまだできていない。今の彼には麗しきニアルコス夫妻のチェックを受けている余裕はない。それでなくても、やることが山ほどあって大変なのだ。両親にしても、フォーマルなパーティの場でマンハッタンの重要人物たちの好奇に満ちた無慈悲な視線にさらされながら真実が暴かれるのは望まないだろう。

「それが本当ならいいのですけれど。ご両親は昨日の午後、ルーマニアから帰国されましたから」

バイオレットは身を硬くし、カルティエのダイヤのブレスレットを落ち着きなくいじり始めた。「そうなの？　両親は日程の変更をいちいちわたしに知らせるのが億劫《おっくう》みたいね」

「昨日、あなたがお帰りになったあとでお父様が財団に来られて。パーティの話をしたら驚かれたので、それでわたしも、招待客リストに載っていないことに気づいたんです」

バイオレットは思わず目をむいて言った。「ベッツィ、今夜、父が来るの？」

ベッツィは返事を口にするのをためらうように唇

を噛《か》んだ。「ええ、お母様もご一緒に。あなたが来てほしくないと思っておいでなのを知っていれば黙っていたんですけれど。単なる手違いだと思ってしまいました。もうどうにもなりませんわ」

「来てほしくないわけではないのよ……ただ、両親とは大事な会話をするのを避けているの。今夜、ここでは困るわ」

「ミスター・ロッソのことですか？」

バイオレットは困惑して目をしばたたいた。なぜ元婚約者がこの話に出てくるの？「どうしてまたボーが関係していると思うの？」

ベッツィは、背後のベルベットのカーテンの陰に消えてしまいたそうな顔になった。「今夜、ご両親が一緒にお連れになるそうです」やっと聞こえるほどの小さな声で彼女は言った。

「なんですって？」近くにいた数人がバイオレットの鋭い声に気づき、こちらを見た。「本当に？ボーも来るの？」

「そのようです。ご両親のことはわかっておいでしょう？こちらへ戻られるたびに、ボーはオフィスに来たかとか、あなたと彼は仲直りしたかとか、わたしにお訊きになるんです。シャンパンとスローなダンスがあるパーティならロマンスにうってつけだと思っていらっしゃるんでしょう。あなたとボーによりを戻してほしくてたまらないんですよ」

「それはわかっているわ」バイオレットは再び人ごみのほうへ目を向けた。今度はエイダンだけでなく、両親と元婚約者も探す。不安でたまらなくて胃が痛い。気を静めようとメルローを何口か飲んでみたが、効果はなかった。

「わたしがしくじったせいでご迷惑を？」

「いいえ、ベッツィ」バイオレットは精いっぱい落ち着いた声を作って言った。「こんなことになるとはあなたも思わなかったでしょうから。話しておかなかったわたしが悪いのよ」

「今日のあなたはとてもすてきだと申し上げたら、気が晴れますか?」ベッツィは言った。「赤銅色のドレスがすごくよく似合っていらっしゃいます」

「ありがとう、ベッツィ」

今夜のドレス選びにはたっぷり時間をかけた。エイダンの腕の中で美しく見えるものにしたかったのだ。最終的に選んだのは茶色がかったグレーのホルタートップのドレスだった。トップスはメタリックな赤銅色のビーズとスパンコールで覆われ、それが下へいくにつれてまばらになって、膝から下は薄い生地だけになっている。喉元を赤銅色の花が飾っているため、黒髪は崩したシニヨンにまとめ、アクセサリーはしゃれたブレスレットと控えめなイヤリングだけにとどめた。

だが、この色を選んだのはエイダンの髪を思わせるからだとはベッツィに言えなかった。

「ほら、あちらに」ベッツィが言った。「ミスター・マーフィーがいらっしゃいましたよ」

曲が終わり、踊っていたカップルたちがダンスフロアから消えると、こちらに向かってくるエイダンの姿が見えた。ブルーの瞳と視線が合うと、さっきまでの心配ごとはすべて消し飛んだ。がっしりした体つきと燃えるように赤い髪はいつだって魅力的だが、今夜はそれに加えてオーダーメイドのトム・フォードのタキシードだ。彼を見つめてばかりいてはだめよと、バイオレットは自分に言い聞かせなければならなかった。顔につけた黒いサテンの仮面も彼のセクシーさを隠せない。むしろ、刺すような鋭い目と角張った顎と豊かな唇を際立たせている。あの唇でまた体に触れられるのが待ち遠しくてたまらなかった。

エイダンが照れくさそうな笑みを浮かべながら近づいてくると、バイオレットは体の芯がとろけるような気がして、ドレスの襟元が急に窮屈に感じられた。「お二人とも、こんばんは」

「こんばんは、ミスター・マーフィー」ベッツィがはずんだ声で言った。「今夜はいちだんとハンサムですね」

エイダンは彼女に顔を向け、挨拶代わりにその手を取った。「ありがとう。あなたもすてきだ。あとで一緒に踊っていただけますか？」そう言うと、彼女の手の甲にキスをした。

ベッツィの頬が真っ赤に染まった。あわてて仮面をつけて顔を隠したが、時すでに遅しだ。ベッツィが男性相手にこんな反応をするのをバイオレットは見たことがなかった。あらゆる年代の女性が、エイダンの魅力にいともたやすく屈するようだ。

わたしが彼を愛してしまったのも不思議ではない。

「そして、きみもとてもきれいだよ、ミス・ニアルコス」エイダンはバイオレットに向かってそう言うと、手を取ってやはり甲にキスをした。

肌に押し当てられた唇の温かさに、腕から背筋へと震えが駆け抜けた。ただ触れ合っただけで胸の先端が期待に硬くなり、なめらかなドレスの生地を内側から押し上げる。バイオレットは身をよじらないようこらえ、触れ合う時間が長すぎるのをまわりの誰かに見つからないうちに、そっと手を引いた。

「それで、きみの仮面はどこだ？　これは仮面舞踏会だろう？」

バイオレットはため息をつくと、小さなクラッチバッグから仮面を取り出した。赤銅色のメタリックな仮面で、細かい渦巻き模様の飾りがついている。せっかくドレスと色を合わせてきたのに、パーティを無事に始めることに気を取られて、つけるのを忘れていた。仮面を顔に当て、サテンのリボンを頭の後ろで結んだ。「これでよくなった？」

「本音を言うと、そうでもないな。きみのきれいな顔が見えなくなったからね。その引き込まれそうな瞳を見つめるだけで我慢しなければならない」

バイオレットははらはらしながら笑った。ベッツィにこのやりとりを深読みされるのが怖かった。

「今夜はずいぶんお世辞が上手なのね、ミスター・マーフィー。その特技はわたしじゃなくて寄付してくれそうな人たちの前で披露したほうがいいんじゃない？　わたしはもうお金を出したわよ」

「失礼しますね」ベッツィがほほえんで言うと、何か用ができたのか、会場の反対側へ向かっていった。

彼女が行ってしまうと、バイオレットは安堵《あんど》のため息をついた。「わたしたちがつきあっていることをみんなに知られたいの？」

「愛想よくしているだけだ。きみがそうしろと言ったから。きみと話すときはどうしても素が出てしまうんだ。つまり、どの言葉も本音だということだ。次のダンスをきみと踊りたいというのもね」

エイダンが手を差し出した。こんなふうにされて断れるわけがない。「一曲だけよ」

エイダンはバイオレットを連れて、すでに混雑しているダンスフロアへ向かった。カップルたちのあいだをすり抜けて中央まで進むと、バイオレットと向き合い、腕の中に抱き寄せた。

バイオレットは片手でエイダンの手を取り、反対の手を肩にかけて彼に寄り添った。そうしながらも、その体はこわばっている。何が原因かは知らないが、不安そうだ。パーティは問題なく進んでいる。いつもながら彼女のすることにはぬかりがない。

だが、実はそうでもないのかもしれない。上着のポケットの中の指輪が、五十キロほどもある岩のかたまりのようにずっしり重く感じられる。今夜いつでもプロポーズできるように指輪をここに忍ばせてきたのだが、この様子では計画の変更を考えたほうがいいかもしれない。プロポーズなどしたら、すでに神経が張りつめている彼女のストレスを上積みするだけになりそうだ。

「一緒に踊っているところを誰かに見られて勘ぐられるのが心配なのか?」

「そうとも言えるし、そうではないとも言えるわ。とにかく今夜は気をつけて。今ベッツィから聞いたんだけど、両親とボーが来るらしいの。招待してもいないのに」

エイダンは仮面の下で眉根を寄せた。彼女との仲が進展しつつあると感じているこのタイミングで、後退させるようなことを言われるとは。「なぜ招待しなかったんだ? 普段から財団の催しには招待しないのか?」

「するわ。両親もニューヨークにいるときは出席する。でも今夜は違うのよ。招待しなかったのは、その……」彼女の言葉は途切れた。

「ぼくと一緒にいるところを見られたくなかったからか」エイダンは苦いものがこみ上げてくるのを感じた。そして、今夜は何があろうと指輪はポケットから出すまいと決めた。裕福で完璧主義な彼女の両親に、娘が自分のような男とつきあっていることを知られてはいけないのだ。彼女が断固として二人の関係を隠そうとするのはそのためなのだ。「アイリスとのことを全部話したのに、こんなことを聞かされるとは。ぼくではきみにふさわしくないから、一緒にいるところを見られたくなくて両親を招待しなかったんだろう」

仮面の下で、バイオレットの目が大きく見開かれた。「違う。それが理由じゃないわ。そんな恐ろしいことをわたしに言わせないで」

「じゃあ教えてくれ」

バイオレットはため息をつき、周囲で踊っている人々をしばし見まわした。「あなたは問題ないのよ、エイダン。あなたはすばらしい。ノックスにとっていい父親だわ。わたしはあなたと過ごす時間が大好きよ。問題なのは両親のほう。どうしても必要なときまで、あなたを両親の前にさらしたくなかった。両親がわたしをどう思っているかは話したでしょう？　けっして満足してもらえないの。あなたにはそういう思いをさせたくなかったのよ。でも、わかってちょうだい、両親が何を言おうと何をしようと、彼らの考えはわたしの考えではないわ」

「わかった。じゃあ、キスしてくれ」エイダンは挑発した。

バイオレットは身を硬くした。「財団の催しでそういうことをするのはよくないわ」

エイダンはただ首を振った。「そうかもしれないが、とにかくしてくれ。ぼくたちが不釣り合いだという人たちの鼻を明かして、つきあっていることを見せつけてやるんだ」

バイオレットは不安げに場内を見まわした。誰かを探しているのだ。おそらくは両親を。

「さあ、早く」エイダンは彼女の顎に手をかけ、そっと顔を自分のほうに向けさせた。「キスしてくれ、バイオレット。何もかも忘れて、誰のことも忘れて、ぼくに対する気持ちを示してくれ」

「エイダン……」

「今ここでできないなら、二人の仲は終わりにして、ノックスの共同養育だけを続けたほうがいい。ぼくは二人の関係を暗い秘密のままにするつもりはない。誰かに知られたらどうしようとびくびくしながらつきあうのはごめんだ」

バイオレットは優美な眉を不安そうにひそめてエイダンの顔を見つめた。「あなたは暗い秘密なんかじゃないわ、エイダン」

「じゃあ、キスで証明してみせてくれ」

バイオレットはため息をつくと、エイダンの頬に手を当てた。「そうしないと信じてもらえないのなら、いいわ。世界じゅうに見せてあげましょう」

そして唇を近づけようと背伸びをした。エイダンはそれを迎えるべく彼女に腕をまわして抱き寄せた。二人の唇が重なると、一瞬、何もかもが消えてなくなった。まわりの人々も、非難する両親も、すぐ近くで演奏している楽団さえも。そこにいるのは自分とバイオレットの二人だけだった。今のこの気持ちを瓶に詰めておけたら、今後の人生でつらいことがあったときに思い出せるのに。あるいは彼女が永久にぼくの前から去ったあとに。

そのとき、大きな咳払《せきばら》いが二人の時間をさえぎった。

二人は体を離して振り向いた。すぐ横に、着飾った年配の男女が立っていた。一瞬のうちに、エイダンはそれがバイオレットの両親であることを悟った。

女性は、年を重ねたバイオレットのようで、茶色い髪は半分以上が白髪になっていて、目元と口元には柔らかいしわが刻まれている。きらきらしたグレーのドレスに、五十万ドルはしそうなダイヤとグレーの真珠をつけている。男性のほうは、彼女より背が低く太っており、髪はほとんど残っていないが、黒く鋭い目は娘そっくりだ。どちらも、見知らぬ男とダンスフロアでキスをしている娘の姿を見て喜んでいるようには見えなかった。

バイオレットは、邪魔をしたのが誰だかわかると、さらにエイダンから離れた。エイダンはそれに気づいたが、今はそこをあげつらうときではない。

「お父様、お母様。お帰りが早まったのね」仮面をはずし、笑顔を作りながらバイオレットは言った。

親子のあいだに温かみはなかった。久しぶりだというのに、挨拶代わりのキスもハグもない。握手すらなかった。礼儀正しく言葉を交わすだけだ。エイダンには自分の両親とここまでよそよそしく接するところが想像できなかった。父が泥酔しているときでさえも、こんなことは考えられなかった。

ニアルコスは娘には答えず、彼女を完全に無視してエイダンのほうを向いた。エイダンを上から下まで見てから、重いため息をつく。ノックスに似ていることに気づいたものの、孫の生物学上の父親に感心できないのだろう。

「われわれへの招待状は郵便物にまぎれてどこかへ行ってしまったようだ」ニアルコスは、それが本当だとはつゆほども思っていないのがわかる乾いた口調で言った。「だが、なんとか出席できてよかったよ。このパーティは逃したくなかったからね」不満げに顔をしかめながら、エイダンからバイオレットへと視線を移す。

「こちらはエイダン・マーフィーよ」バイオレットは緊張が感じられる声で紹介を始めた。「亡くなったご両親を偲《しの》んで〈モリーズ・ハウス〉を始めようとしているの」

バイオレットの母は礼儀正しくほほえんだが、父はエイダンを見つめたままだった。

「ミスター・マーフィーと二人にしてくれるかね」ぎこちない沈黙の末に父は言った。

「それはやめてほしいわ」バイオレットは言ったものの、父に険しい目を向けられると、みるみるうちに勢いを失った。

「大丈夫だ」エイダンは割って入った。バイオレットの肩に手を置いて肌をさすることで彼女を安心させると同時に、彼女にあんな話し方をする男を殴りたいのを我慢した。「すぐに戻るよ」

彼女の父に続いてダンスフロアを出て、人の少ない隅のほうへ移動した。二人だけで話ができるが、何か起こったときには誰かが見ているという程度の人の少なさだ。

「息子よ、きみたち二人を見ていたよ」

エイダンは背筋を伸ばし、バイオレットとたいして背丈の変わらない父親を見おろすようにした。相手は億万長者で、ぼくの年収より高そうな金の時計や高級ブランドの服を身につけているが、バイオレットのようにおじけづくつもりはない。この男はぼくに対してはなんの力も持っていない。「ぼくはあなたの息子じゃありません。エイダンといいます」

「そのとおり。そして、きみはけっしてわたしの息子にはならない。わかったかね？　その赤毛で、きみが誰なのかわたしにわからないと思うか？　きみたち二人が踊っているところを見た瞬間にわかったよ。だが、そんなことはどうでもいい。きみは金づるをつかまえそこねたんだよ」

「バイオレットを金づるとしか見ないような人間は彼女にふさわしくない」エイダンは勇気を奮い起こしてさえぎった。バイオレットは賢くて強くて、そしてすばらしい母親だ。その彼女を、口座の残高になぞらえるなどありえない。

ニアルコスはしばらくエイダンをにらんでから、ずんぐりした指を突きつけて言った。「娘はボーと一緒になる。娘と娘の人生を理解できる、同じ階級、同じバックグラウンドを持つ相手とな。ミスター・マーフィー、わたしはきみのことを知らない。配管工だかタクシー運転手だか知らんが、一つだけわかるのは、娘の人生にほんのいっときかかわっただけということだ。ノックスの父親かもしれないが、それもいつまでも問題とはならない。娘もいずれわれに返るだろう。そうなれば、きみは娘の人生におけるほんのささいな事柄になる。間違いない」

罵倒を浴びながら、エイダンはできるだけ顔色を変えないよう努めた。相手の言葉一つ一つに言い返してやりたかったが、一方で、その言葉に同意せずにはいられない自分もいてつらかった。

何も金持ちの女性を狙ったわけではない。金はむしろ、二人の関係にあって得というよりは害だった。自分が彼女に釣り合わないのはわかっているし、バイオレットのような人間をとりまく俗物社会にはかかわりたくなかった。そこでは自分は常に批判され、軽蔑され、バイオレットを利用したと責められるだろう。そんなのはごめんだ。同じことを、甘やかされたエリート階級の子女が大半を占める広告代理店で、自分の手で成功を勝ち取った数少ない社員として、いやというほど経験してきた。

「おっしゃるとおりかもしれません。でも、それを決めるのはバイオレットだ。あなたではない」

エイダンは精いっぱいの自制心を発揮し、身を翻してその場を去った。これ以上話し合うことはない。お互い、自分の立場をはっきり伝えた。今去らなければ、あとで悔やむようなことを言ったり、したりしてしまいそうだった。相手はまがりなりにもノックスの祖父なのだ。

自分がこのパーティの主役だが、今夜はもうたくさんだと思った。金持ちたちは主役がいなくても酒を飲み、おしゃべりを続けるに違いない。会場を出たところで自分の名を叫ぶ女性の声が聞こえた。足を止めて振り向くと、バイオレットが走ってくるのが見えた。

「エイダン、待って!」

エイダンは彼女が追いつくまで待った。「ぼくは帰るよ」

「父に何を言われたの?」心配そうな顔で彼女は尋ねた。

「わかっていたことばかりだよ」

「お願い、悪く取らないで。父はボー以外は誰も気に入らないのよ。ボーがわたしにぴったりだと信じ込んでいるの。たしかにボーとつきあうほうが簡単だけど、でも――」

「簡単?」エイダンはさえぎった。「ぼくとつきあうのは難しいことなのか？　ぼくと一緒に野球を観《み》に行ってホットドッグを食べるのは、元婚約者みたいなろくでなしと一緒にヨットでシャンパンやキャビアを楽しむより難しいのか？」

「そんなわけはないわ。わたしが言いたいのは、二人が似ていたらもっと簡単だろうってこと」

「ぼくも金持ちだったら、自分には金があって、ぼくにはないことを意識しないですむってことか」

「違うわ。お金のことだけじゃなくて何もかもよ。文化、宗教、家族の経歴……。ボーとわたしはよく似た環境で生まれ育っているから、そういうことでの摩擦が少ないの。一緒に育ち、同じギリシア正教会に通った。共通点が多いのよ」

「つまり、ぼくが貧乏だからじゃなく、貧乏でアイルランド系カトリック教徒だからってことだな？　アイリスでもそこまでひどくはなかったよ。女性の鑑《かがみ》だったとは言わないが、自分にとって金が何よりも大事だということについては正直だった」

バイオレットは両手で顔を覆った。「今のあなたは戦う気満々だから、わたしが何を言ってもあなたの心に正しく届かない。帰りたいなら帰るといいわ。ただ、わたしはボーと一緒にはなりたくない、それだけは覚えておいて。あなたと一緒になりたいの。あなたを愛しているから」

こんなときでなければ、この言葉がうれしくて小躍りしていただろう。だが、今は違う。当分癒えそうにない傷に巻いた包帯でしかなかった。バイオレットのこととなると、自分で壁に頭を打ちつける愚か者になってしまうようだ。

「きみなら、何かすてきなものでも買えば乗り越えられるさ」そう言って彼女に背を向けると、大階段をおりてホテルの出口へ向かった。

11

エイダンは家に帰る気にはなれず、かといってどこに向かえばいいのかもわからず、気づくとマンハッタンの通りをあてもなく歩いていた。ブロックからブロックへと歩くうちに、ぴかぴかの黒いドレスシューズの中で爪先にまめができてきた。角の信号で止まって目を上げると、名前を聞いたことはあるが一度も入ったことのないバーのネオンが見えた。

信号を渡って店に入ってみると、暗くてずいぶん静かだった。何十台というテレビがなりたてるスポーツバーでもなく、生バンドの演奏で考えることもできないほどにぎやかな店でもない。むしろ、しばらく周囲の世界から身を隠して悲しみをまぎらせたい人が訪れる、そんな店だった。完璧だ。

バーテンダーは、髪はないが白髪交じりの山羊髭《やぎひげ》と、同じく白髪交じりのもじゃもじゃの眉毛をした四十代くらいの男だった。挨拶代わりにエイダンに向かってうなずくと、あとは自分の仕事に戻った。エイダンはカウンターの奥の暗がりに、ほかの客から離れた席を見つけた。スツールに座るとすぐに蝶《ちょう》ネクタイをゆるめ、ドレスシャツの首元のボタンをはずした。おかげで、喉に何かがつかえているような不快感が少しはましになった。

こうして足を休ませることができてほっとしたが、街を歩いていたときと違って、じっと座っていると一人で考え込んでしまう。ウイスキーでも何杯か飲めばきっと楽になる。それが父にとっての解決策だったのだろう。だが酒は簡単に悩みを忘れさせてくれても、いつしかその酒自体が悩みのもとになる。飲まないと決めた酒を今夜、解禁したりしない。

「何にしましょう?」バーテンダーがやってきて、エイダンの前にナプキンを置きながら尋ねた。

「ジンジャーエールを」気が変わってもっと強いものを注文してしまわないうちに言った。

バーテンダーは興味深そうに眉を上げたが、何も言わずに、氷を入れたトールグラスにジンジャーエールを注《つ》いだ。「何かあったら呼んでください」グラスを置きながらそう言って、離れていった。

ほうっておいてもらえるのがエイダンにはありがたかった。バーテンダーはアマチュアのセラピストと言われている。エイダンもそうだ。バーテンダーの多くは自分の仕事のそういった面を楽しんでいて、ちょっとした会話を必要としていそうな客を探す。今夜はぼくにも話し相手がいたほうがいいのかもしれない。だが、心の準備ができていない。今はまだ。

代わりに、ジンジャーエールを飲みながらカウンタートップの木目を見つめた。座っているうちに、しだいにポケットの婚約指輪が重くなってくる。しまいには、ケースを取り出してグラスの横に置いた。ふたを開け、指輪をつまみ上げて、ぼんやり考えごとをしながら指でまわす。店の薄暗い照明の中でもダイヤはきらきらと輝いた。今夜これを渡そうとした女性と同じく、美しかった。

それをいい考えだと思った自分はなんと愚かだったのだろう。一週間一緒に暮らしたことで、彼女との関係を現実のものにできると思ってしまった。実際そうできるのかもしれない。だが、プロポーズするとなると話は別だ。バイオレットは自分の望む相手を手に入れられる美しい億万長者だ。一夜かぎりの相手としてぼくを選んだからといって、夫として選ぶとは限らない。もし自分で決められることなら、息子の父親としても選びはしなかっただろう。

勇気を出してプロポーズする前に彼女の両親が現れてあんなことになって、運がよかったのだ。プロポーズしたとしても、やはり孤独でみじめな気分をかかえてこの店に来ることになっただろうが、しなかったおかげで、少なくともパーティの出席者たちの面前で彼女に断られるという恥辱は避けられた。

断られたに決まっているのだから。

それはそうだろう。ぼくにはバイオレットに差し出せるものが何もない。ボーに遭遇したあの日、彼女は男女の関係には成功や金よりも大事なものがあると言った。だが、あれは本音だったのだろうか？ぼくを愛しているとも言っていたが、それも言葉どおりに受け取っていいのかわからない。そのうえ、まさか彼女が父親の側に立ってあんなことを言うとは思わなかった。

とはいえ、ぼくのほうも彼女の言葉をただ耳で聞くだけでなく、頭でしっかり理解していれば、違う受け取り方をしていたかもしれない。彼女との口論がSNS動画のように頭の中で何度も再生されている。今考えてみると、彼女はぼくが自分に釣り合わないとか、父の望むようにぼくではなくボーを選ぶとはひとことも言っていない。ただ、ぼくたちはまったく違っていて、そのせいで関係を続けるのがより難しくなるという父の考えにも一理あると言っただけだ。

それはそのとおりだ。ぼくと彼女は、金のことだけでなくあらゆる点で違っている。そんな二人が一緒になれば、きっとさまざまな困難に出くわす。ノックスをどの宗教の信徒として育てるか、気取った私立学校に通わせるか通わせないかといったことでも話し合わなければならないだろう。それでも、ぼくは彼女を愛している。そして息子も愛している。本物の家族になりたいと思っている。バイオレットが言うとおり、本当にぼくを愛しているのなら、二人の関係をうまく進めることができるはずだ。

ぼくが彼女の愛を拒絶して、怒って帰りさえしなければ。ぼくはすべてを台無しにしてしまった。

「普段は人のことに首を突っ込まないんですがね、タキシードを着てダイヤの指輪を持っている男性が女性を連れずにこんな店に迷い込んでくるのはそうそうあることじゃありません。しかも、この世の終わりみたいな顔をしてジンジャーエールをあおるなんて」

エイダンは目の前に並ぶ空のグラスを見てから、バーテンダーにほほえみかけた。「ぼくだって訊《き》きたくなるよ。ぼくもパブをやっているものでね」

「それなら、ここで何をしているんです？」

いい質問だ。〈マーフィーズ〉へ行くことも考えた。店の前を通りもした。「自分の店へ行ったら、貴重な休みの夜も働くことになってしまう。今夜はほかのことで頭がいっぱいなんだ」

「女性関係のトラブルですか？」

「そう言っていいだろうね」エイダンは指輪を見てからケースに戻した。「結婚は？」

「していました」

「離婚した？」

バーテンダーは首を振った。「死別です」

自分よりも大きな問題をかかえている人がいるのに浮かない顔をしていたことにうしろめたさを覚え、エイダンは背筋を伸ばした。「申し訳ない」

「気にしないでください。もう十年になります。乗り越えたと言いたいところですが、言えば嘘《うそ》になる。ただ、その話をするのがうまくなってきました」

「奥さんは病気で？」なぜか、バーテンダーの問題について話すほうが、自分の今の問題について話すより楽な気がした。

「いいえ、事故です。くだらないことで喧嘩《けんか》をしたと思ったら、その直後に彼女はいなくなってしまった」

バーテンダーの顔には後悔がしわとなって刻み込

まれていた。十年たっても、妻を失ったことに苦しんでいるのだろう。

「いつもつまらないことで言い争っていました」バーテンダーは続けた。「彼女の両親はわたしを嫌っていて、一悶着《ひともんちゃく》あるたびに彼女が板ばさみになりました。彼女は仲裁しようとしてくれましたが、わたしはそれがいやで、自分の味方になってほしかった。お互いにストレスがたまり、ちょっとしたことで相手の粗探しをするようになったんです。今思えば本当にばかでした」

今夜のことを振り返れば、エイダンにもバーテンダーと義理の両親のいざこざが理解できた。「彼女の両親に嫌われたというのはどうして？」

バーテンダーは肩をすくめた。「理由は無限にあります。わたしのことは何一つ気に入らなかったんです。わたしは学がなく、将来有望なキャリアもない。家柄も立派とは言えない。それに、彼女の両親と一緒にいるときもご機嫌取りをしなかった。彼らは、わたしたちがどれだけ愛し合っていたか、わたしがどれだけ彼女を大事にしていたかには関心がなかった。彼女はわたしの世界そのものだった。でも、今になってやっとわかったんです。何をしても彼女の両親を満足させることはできない。一人娘に釣り合う相手などいないのですから」

「わかるよ。ぼくの……ぼくのバイオレットも一人娘で、両親は彼女に期待している」

バーテンダーはうなずいた。「結局、何も問題ではなかったんです。でも、わたしにはそれがわからなかった。いちばん大事なことが——妻がわたしを愛してくれていたことが見えていなかった。それだけに目を向ければよかったんです。ほかのことではなくてね。喧嘩などせずに、しっかり抱きしめていればよかった。彼女との貴重な時間を大事にすればよかった。残り少ない時間だったのに」

エイダンはなんと言えばいいのかわからなかったが、バイオレットを永久に失うことを考えると気分が悪くなった。いや、ここに来てから飲んだ四杯のジンジャーエールのせいかもしれない。とにかく、バイオレットがいない人生を考えて胸が痛くなった。彼女なしでノックスを育てる。それがどんなものかは知りたくもない。

それなのに、今夜愚かにも彼女の前から去り、その愛をはねつけた。ぼくはいったい何を考えていたんだ？

「あなたとあなたのお相手に何があったのかは知りませんが、これだけはわかります。愛する人を見つけ、その人もあなたを愛してくれているのなら、手離してはいけません。完全に満足させてくれる相手に出会うのはそうめったにあることじゃありません。そんな人に出会えたなら、大切なことに集中するべきです。ほかのことはただの騒音として。相手の両親がどう思うか、周囲がどう思うか、そんなことはどうでもいい。残念ながら、そういう相手を永久に失って初めてそれに気づく人が多い。わたしもそうです。それを毎日後悔しています」

エイダンの胸の中ではすでに耐えがたいほどの後悔が渦巻いていた。自分の間違いを責めながら生きていくと思うとやりきれない。エイダンは財布から代金と充分なチップを出した。バーテンダーの言葉にはその十倍の価値があった。「アドバイスをありがとう。まさに、こういう会話が必要だったんだ」

「どういたしまして。わたしみたいにならないでください。あなたにはまだ、バイオレットとうまくいく可能性がある。与えられたチャンスを無駄にしないでくださいよ」

エイダンは決意を新たにしてスツールからおりた。タクシーで家に帰り、どうやってこの状況を挽回《ばんかい》するか考えよう。

バイオレットを愛している。彼女も同じようにぼくを愛してくれていることを祈ろう。

バイオレットはデスクの上の書類に目をやったが、ぼんやりとしか見えなかった。先週、エイダンがパーティの会場から出ていったときからずっとこの調子だ。憎しみのこもった言葉を吐いて出ていった彼の顔が頭から離れなかった。

言われてもしかたがない部分もあるけれど、あんなふうに彼への愛を突き返されるとは思ってもいなかった。わたしは何も父の側についたわけではないのに。わたしとエイダンには息子のことを除けば共通点がほとんどない。でも、それは彼を悪く思う理由にはならない。ただ、事実だというだけだ。

それで彼への愛が減るわけではない。だが、まだ足りないということなのだろう。もしかしたら、わたしたち二人は共同養育を続けるだけにしておいたほうがいいのかもしれない。

自分の心にそう言い聞かせることができればいいのだけれど。

ドアをノックする音がバイオレットの思考をさえぎった。「はい?」

ベッツィが申し訳なさそうな顔でドアを開けた。「お邪魔して申し訳ありません、ミス・ニアルコス。ミスター・ロッソがお見えです」

心がずしりと重くなる。ほんの一瞬、自分を待っているのがボーではなくエイダンであることを期待していたのだ。「忙しいと言って。先に電話を入れてアポイントメントを取るよう伝えてちょうだい」

「そう言ったんですが、とにかく今会いたいの一点張りなんです」

バイオレットはため息をついた。ボーはまるで頑固な牡牛《おうし》だ。目的を果たすまではオフィスから出ていかないだろう。「わかったわ。でも、十分たったら急ぎの電話が入ったと言いに来て」

ベッツィはうなずき、そのあとすぐにボーが入ってきた。ピンストライプのスーツに身を包み、てかてかの黒髪を後ろに撫《な》でつけ、訳知り顔に笑みを浮かべた彼は、相変わらず傲慢に見えた。ズボンのポケットに手を突っ込んだままデスクに近づいてくる。

ボーが一歩近づくごとに、自分が彼と結婚しようとしていたことが信じられなくなった。たしかに、ボーとのほうが何かと支障が少ないという父の言い分は正しい。少なくとも表面的には。でも今は、またボーとつきあうと思っただけで気持ち悪い。

「がっかりだよ、バイオレット」ボーは言った。

バイオレットは椅子に座ったまま、彼を見上げながら眉を上げた。「どうして？」

「キスはなしかい？　それどころか握手も？」

バイオレットが握手のために手を差し出すと、彼はその手を唇に持っていこうとした。バイオレットは急いで手を離してデスクの下に隠した。「なんの用かしら？　今日はすごく忙しいの」

ボーは上着のボタンをはずすと、客用の椅子に座った。手足を伸ばし、必要以上にくつろいだ様子を見せる。「このあいだのパーティではきみに会いそびれたね。渋滞にはまって、会場に着いたときには、もうきみは帰ったとご両親から聞かされたんだ」

「パーティを楽しむ気分じゃなかったの」それは本当だった。エイダンが帰ったあと、会場に戻って両親と顔を合わせる気になれなかった。後悔するようなことをするか言うか、してしまいそうだったからだ。催しで騒ぎを起こして〈モリーズ・ハウス〉のチャンスを台無しにするわけにはいかない。そう思って、あとをベッツィに託して家に帰ったのだ。

「ご両親もそう言っていたよ。きみがノックスの父親ともめたから、会いに行くといいと勧められた」

「なぜ？　さっそうと現れてわたしを救ってくれる

の?」

ボーは肩をすくめた。「たぶんね。外の世界を垣間見たことで、正気に戻ってぼくとの婚約を進める気になったんじゃないか」

「正気に戻る?」

「ああ、そうだ。ぼくたちはお似合いなんだよ、バイオレット。誰もがそう思っている。きみ以外の誰もがね」

「それには賛成しかねるわね」ボーは完璧な相手とは言いがたいのに、両親は絶対にそれを理解しようとしない。たぶん、自分たちに問題がありすぎるせいでわからないのだろう。

バイオレット自身も、エイダンと数週間を過ごすまでは気づいていなかった。エイダンはいい人ですばらしい恋人であるだけではなく、最高の父親でもあった。ボーが絶対になれないような父親だ。エイダンがいなかったら、自分とノックスは多くのことを経験しそびれるだろう。ボーは父親としてエイダンの足元にも及ばない。ノックスとスポーツをすることも、ヤンキースの試合に連れていくこともないだろう。泣かせずに抱き上げることすらできなかったはずだ。

「きみは選《よ》り好《ごの》みができる立場にないと思うが?」

「選り好み?」

「そうさ。ぼくのほうが寛容だ。きみの不貞を見逃し、ノックスをわが子として育てるのは、ぼくとしては大きな譲歩だ。そんなことができる男はそうそういない。ぼくは喜んできみと結婚するよ。喜んできみのちょっとしたたわむれを許し、きみとの関係を前へ進めるつもりだ」

バイオレットは目を細めてボーを見つめた。不意に、彼の言葉に聞き覚えがあることに気づいた。ちょっとしたたわむれ。たわむれ。頻繁に使われる言葉ではないが、わりと最近聞いたような気がする。

そのとき、あの最初の日にエイダンがオフィスに入ってきたときと同じように、失われていた記憶が押し寄せてきた。ずっと、あの夜なぜ〈マーフィーズ〉へ行くことになったのか考えていた。テキーラと忘却を求めて一人で出かけるなんて、いつもの自分らしくない。だが、そのときは実際にそうした。エイダンと過ごした時間の記憶がよみがえったときも、そこだけはどうしても思い出せなかった。

たぶんボーといつもの喧嘩をしたからだろうと自分を納得させていた。二人はよく喧嘩をした。たいていは、ボーの帰りが遅いか、身を落ち着けるには時期尚早だと思わせるような行動があったからだ。身ごもっていなかったら、彼との結婚に同意したりはしなかっただろう。

そして、今思い出したことをもっと前に思い出していたら、彼の顔にパンチを食らわせていただろう。

「このろくでなし」このうえなく冷たい声でバイオレットは言った。

ボーは驚きに目を丸くした。「なんて言った？」

「真実を知っていたくせに、よくもわたしをだまして結婚の計画を進められたわね」

「真実って、なんのことだ？　きみが別の男の子供を妊娠したことか？　ぼくは知らなかった。自分の子だと思っていた。きみがどこかのバーテンダーと寝たなんて、ぼくにわかるわけがないじゃないか。きみに裏切られるなんて思ってもみなかった」

たいしたものだ。まだわたしが思い出していないと思って嘘をつき通そうとしている。「あなたとわたしに関する真実よ。わたしは裏切っていない。彼とそうなったときには、すでにあなたと別れていた。あなたがあのあばずれのカーメラ・デイヴィスとベッドにいるところを見つけたからよ」

これまで記憶の隅に押しやられていた光景が、にわかにくっきりとよみがえった。自宅のベッドルーム。自分のベッド。自分の恋人。巨乳のブロンド、カーメラ。全裸の彼女の上にまたがるボー……。彼と言い争いになり、彼は〝ちょっとしたたわむれで、本気ではない〟と言った。それでわたしは家を飛び出し、ぼんやりと街を歩きまわった末に〈マーフィーズ〉へたどり着いたのだ。

「なんのことだかわからないね」

バイオレットは両手をデスクについて立ち上がると、ボーを上からにらんだ。怒りで頬が熱くなる。

「わたしが事故で記憶を失ったとき、あなたはラッキーだと思ったんでしょうね。ばかなことをしたせいで何十億ドルの金づるを失ったと思ったのに、わたしが何もかも忘れたおかげで、何ごともなかったかのように関係を続けられた」

今度は、ボーも口をつぐんでおくだけの分別を見せた。

「あなたは病院のベッドのそばへ飛んできて、わたしの手を握った。そのあいだずっと、あなたとカーメラのことがわたしの記憶から消えているのを感謝していたわけね。でも、ドクターはいずれ記憶が戻るだろうと言ったわ。不安じゃなかったの?」

「いいや」ボーは尊大に肩をすくめた。「きみの妊娠がわかったとき、自分の子だと思ったし、何が起ころうと問題ないと思った。きみが妊娠前の体型に戻ってから結婚したいと言い張らなかったら、記憶が戻るずっと前にきみを自分のものにできていたはずだ。ところがそこにあの赤毛のちびが生まれてきて、ぼくの計画を台無しにした」

「もうたくさん」バイオレットは怒りを込めてドアを指さした。普段は辛抱強いほうだが、今すぐ出ていかなければ彼に牙をむくつもりだ。「出ていって」

「バイオレット」ボーが言い返そうとした。

「話はもうおしまい。本気よ、ボー。わたしのオフィスから、そしてわたしの人生から出ていって。永遠に。二度と、ここでもわたしの家でもあなたの顔を見たくない。両親にこびへつらうところも見たくない。消えてちょうだい」

　腕をまっすぐ伸ばし、厳しい顔でドアを指さし続けた。そして彼は折れた。いらだったようにうめくと、椅子から立ち上がり、黙って出ていった。

　ドアが閉まると、バイオレットは安堵《あんど》のため息をついた。ボーはいなくなった。さすがの彼も、またわたしを説得しに戻ってこようとするほど愚かではないだろう。終わったのだ。両親には落胆に耐えることを学んでもらおう。どうせわたしは、彼らにとってはできの悪い娘なのだ。前と違うのは、もはやわたしがそれを気にしなくなったことだ。

　わたしはエイダンを愛しているし、何よりも彼と一緒にいたい。それが心からの思いであることをエイダンにわかってもらわなければならない。

12

　こまごまとした品がなくなってがらんとしていた母の家の前室は、今はリサイクルショップで買ってきた大きなデスクと本棚とファイルキャビネットが置かれて、〈モリーズ・ハウス〉の管理人のオフィスとして生まれ変わった。エイダンが雇った管理人のテッドは、酒を五年間断っており、わずかな給料とハウスでの寝泊まりと引き換えに、施設とその滞在者の管理を引き受けてくれたのだ。

　これまでのところ、テッドは申し分なかった。滞在者にとっていい助言者となっているだけでなく、ここへ来る前は建築の仕事をしていたため、家まわりの修繕に手を貸してくれる。手を入れるべき細かい部分はたくさんあり、それらがやることリストに加わるたびに、テッドはできるだけすみやかに取りかかってくれた。

例のバーでの会話のあと、エイダンはすぐにでもバイオレットのもとへ行って謝りたいと思ったものの、そううまくは運ばなかった。月曜の朝、話をしに財団へ行ったが、彼女は不在だった。代わりにベッツィが、パーティでのことなどなかったかのように迎えてくれた。出席者の情報が入ったフラッシュドライブと、収益から計算したエイダンの取り分の小切手を愛想よく渡してくれた。幸い、バイオレットの両親とのいさかいはチャリティに影響しなかったようで、これにはほっとした。ベッツィはさらに、エイダンが会いに来たことをバイオレットに伝え、手が空いたときに電話するよう言っておくとも約束してくれた。

バイオレットからの電話を待つあいだ、エイダンは〈モリーズ・ハウス〉の準備を進めることに専念した。まず、父が亡くなってから初めて〈マーフィーズ〉を副店長に任せて一週間の休みを取った。その期間はハウスにかかりきりになった。日用品や、ベッドルームとバスルームに必要な家具やリネン類を買い、業者に内部の清掃を頼み、テッドを雇い入れた。今、ハウスはオープンを間近に控えており、近くのリハビリセンターから受け入れる滞在者の申請書をテッドが審査しているところだ。

予想以上にそちらに時間を取られたが、バイオレットとのあいだに冷却期間を置いても害にはならないだろう。今夜、ここの仕事が終わったら、もともと予定していたノックスとの面会交流のために彼女の家へ行くことになっている。彼女からの電話はなかったので、謝罪をすぐに受け入れてもらえるかは定かではないが、話をするには最適なタイミングと言えるだろう。関係が修復できなくても、少なくとも一緒にノックスの世話をする程度の友好的な関係ではいられるはずだ。エイダンの訪問のあいだ、タラは外出することになっているので、夜には二人でゆっくり話せる。

「エイダン？」

新しい椅子を置くためにデスクの下にビニールマットを敷いていたエイダンは、テッドを見上げた。

「なんだ？」

「きみに会いたいという人が来ている」

珍しいことだが問題ない。「通してくれ」エイダンはデスクの下に椅子を収め、電源タップにつながっているコンピューターのケーブル数本をまとめた。

「エイダン？」聞き慣れた女性の声が言った。

エイダンが顔を上げると、思いがけないことにバイオレットがドア口に立っていた。エイダンはしゃがんだ姿勢から立ち上がり、両手をジーンズでふいた。「やあ……ここで会うとは思っていなかったよ。今夜きみの家へ行く予定だったから」バイオレットの家からハウスまではかなり距離があり、これまで彼女はここを訪れたことすらなかった。そのことと、彼女の顔に浮かぶあいまいな表情に、エイダンはたちまち不安を覚えた。「大丈夫か？ ノックスは元気か？」

「元気よ。一緒に連れてくればよかったんでしょうけど、タラがお昼を食べさせようとしているところで、ルーティンを崩したくなかったの。あの子、おなかがすくとものすごく機嫌が悪くなるから」

「そこはぼく似だな」

気まずさがましになるよう祈って笑みを浮かべながら言った。だが、そうはならなかった。ノックスに何かあったのでなければ、なぜ彼女がここまで来たのか、それがまだわからない。たいていのことは、わざわざ来なくてもメッセージか電話ですむ。

「今夜の予定がだめになったのか？」

「いいえ、大丈夫。ただ……」バイオレットはエイダンとテッドが仕上げをしたばかりの堅木の床に視線を落とし、ためらいがちに言った。「早くあなたと話したかったの。ずっと話したかったんだけど、今週は財団の仕事が忙しくて」

エイダンは眉をひそめた。彼女の言い方が気に入らなかった。なんだか不吉な感じがする。「コーヒーでも飲むかい？」話し合いを先延ばしにしたくて言った。「キッチンにコーヒーマシンを入れたんだ。アルコール依存症から抜け出そうとする人たちはコーヒーをたくさん飲むと聞いたから」

「そうなのね」バイオレットはキッチンまで彼についてきた。エイダンが二人分のコーヒーをいれるあいだ、彼女は静かに待っていた。コーヒーがはいると、二人は古いキッチンテーブルの前に座った。

「このテーブルで何千回とシリアルを食べたものだ」エイダンはナーバスになっているのが声に出ないよう努めて言った。

バイオレットはくすくす笑い、両手で温かいマグカップを包んで考えをまとめた。「大切な思い出がつまった立派なおうちね。あなたの思い描く〈モリーズ・ハウス〉にぴったりだわ。わたしったら、なぜもっと早く見に来なかったのかしら。最終的にどんなものになるのか楽しみだわ」

「ここへ来たのは家を見るためなのか？」

「いいえ。先に〈マーフィーズ〉へ行ったのよ。あなたがいると思って。バーテンダーから、こちらに専念するために一週間休みを取っていると聞いて、ここへ来たの。どうしても今日会って謝りたかった」

エイダンはなんと答えればいいかわからなかった。何がなんでも彼女に謝ろうと思っていたのに、彼女のほうからはるばるブロンクスまで謝りに来たという。「何を謝るんだ？　わからないな」

バイオレットはため息をつき、マグカップを見つめたまま首を振った。「パーティで父に言い返さなかったこと。ノックスの父親が見つかったことを先に話しておくべきだったわ。それなのに、何もかもをできるだけ先延ばしにして、結局あなたを矢面に立たせてしまった」

「きみにもお父さんの反応までは予測できなかっただろう」

「父の場合は簡単に予測できるのよ。あの夜、わたしが心配していたのは、父がわたしたち二人を見て干渉してくることだった。そして案の定、干渉してきた。わたしは父があなたを連れ出して脅すのを止めるべきだった。あなたを父から守らなければいけなかった。たとえ父を止められなくても、わたしたちのことに口を出さないよう、自分で言ってやるべきだったのよ。それなのにわたしが臆病だったせいで、代わりにあなたを傷つけてしまった。何よりもあなたにいてほしかったのに、追い払うようなことをしてしまった」

彼女の言葉にエイダンは心が躍ったが、今のところは平静を装った。言いたいことがたくさんあるようなので、まずはそれをすべて吐き出させよう。

「あれから一週間近くたっている。なぜ今日打ち明ける気になったんだ？」

バイオレットはマグカップから目を上げた。「昨日、ボーが財団に来て、そのときにすべての記憶が戻ったの。これまでずっと、ボーを裏切ったことを申し訳なく思っていた。両親は、それを見逃してノックスを自分の子として育てようとする彼は、心からおまえを愛しているに違いないと言い続けたけど、わたしは何かすっきりしなかった。今やっと、その理由がわかったのよ。あの夜、あなたの店へ行ったのは、家に帰ったら彼が別の女性とベッドにいたからだった。その場で彼と別れて、外へ飛び出したの。

わたしはボーを裏切ってなどいない。彼が裏切ったのよ。わたしが事故に遭って記憶を失うと、彼は何ごともなかったようにわたしとの関係を続けたの」

「ひどいな」エイダンは言ったが、さほど驚いてはいなかった。バイオレットの家の前で初めて会ったときからボーにはどこか薄っぺらさを感じていて、それが気になっていた。「気の毒に。あの夜、店で全部打ち明けてくれていたら、ぼくからもっと早くきみに話せたんだが」

バイオレットは小さくほほえんだ。「いいの。タイミングはちょうどよかったわ。父に促されてでしょうけど、ボーはもう一度わたしを口説き落とそうとしたの。その瞬間に記憶が戻ったおかげで、わたしはすべてを終わりにできた」

興味深い話だ。彼女の記憶が戻ったのは喜ばしいことだが、なぜそのことを話してくれるのかがエイダンにはよくわからなかった。ボーが消えたからといって、必ずしもそれで自分たちが一緒になれるわけではない。障害はボーだけではないのだ。「よかったな」エイダンはそれだけ言った。

「でも、いちばん大事なのはそこじゃないの。ボーと話す中で、気づいたのよ。彼との関係がうまくいきそうな要素はたくさんあっても、大事な要素が欠けているって。あなたしか持っていない要素が。あなたはノックスの父親よ。生物学上だけでなく、父親としての役割を完璧にこなしている。まだ幼いうちからかかわっているから、あの子が大きくなったらもっとすばらしい父親になるわ。ボーは絶対にそうはならない。ボーにとってわたしの息子は、むしろ悩みの種なんだもの」

父親という面では彼女の期待に応えられていると思うとうれしかったが、今聞きたいのはそれではない。ノックスのためだけでなく、彼女自身のために一緒にいてほしいと思っているのか、それが知りたかった。「それでおしまいか？」

「いいえ、ここからよ。もちろん、わたしはノックスの父親が欲しいだけじゃない。あなたが欲しい。いいえ、そうじゃない。もちろんあなたが欲しいんだけど、なんて言ったらいいのかしら、あなたと一緒にいたい。まわりが何を言ったり思ったりしようと、わたしの人生に何を求めていようと」バイオレットはエイダンの手を自分の手で包んだ。「愛しているわ、エイダン。息子の父親だからというだけじゃない。あの最初の週末に身ごもっていなかったとしても、あなたと一生一緒にいたい」

エイダンは何も言えなかった。どう反応すればいいのかもわからなかった。これこそ彼女に言ってほしいと望んできたことだが、考えるとひどく恐ろしくなった。自分が彼女を愛しているのはわかっている。彼女も愛していると言ってくれた。だが、これが本当なのか、信じられない気持ちがあった。バイオレットのような女性がぼくのような男を愛するなんてことが本当にあるのだろうか？

「パーティの夜にきみが言ったことはどうなんだ？ぼくたちがまったく違っていることとか、ボーのような同じ文化やバックグラウンドを持つ男とのほうがつきあうのは簡単だとか。その点は何も変わっていないんだぞ」

「違うほうが刺激的だし、お互いを知るのが楽しかったりもするわ。わたしは、わたしたちが似たもの同士になることなんて望んでいない。ただ一緒にいたいの。一緒に幸せになりたい。あなたはわたしと、そしてノックスと一緒にいて幸せになれると思う？自分の家族を持つことで幸せになれる？」

バイオレットとともに本物の家族を持つことを考えるだけで、エイダンは胸を打たれた。子供のころのクリスマスやイースター、学校に入りたての日々、金曜の夜のチーズピザ。さまざまなものがよみがえってくる。ノックスにもそういう経験をさせてやりたい。バイオレットと一緒に。それができるなら、これ以上幸せな人生はない。

でも、その前に一つ、やり残していることがある。


話し合いのあいだ、エイダンはバイオレットが不安になるほど静かだった。いくつか質問をすることはあったが、ほとんどはコーヒーを手にして座ったまま、胸の内をさらけ出す彼女の言葉をじっと聞いていた。わたしの言うことを理解してもらえないかもしれない。バイオレットはそう思いながらここへ来た。その覚悟はできていた。それでも、彼が椅子から飛び上がって自分を抱き上げ、愛していると言ってキスをしてくれることを心から望んでいた。

しばらくしてようやく身じろぎをしたエイダンは、無表情のまま立ち上がった。「ちょっと失礼するよ」

バイオレットはうなずき、彼がリビングルームへ行って階段をのぼっていくのを見守った。なぜ今、二階へ行かなければならないのかわからなかったが、静かに座って過剰に反応しないよう努めた。

それでも、落胆の涙が目に浮かんできた。わたしと一緒にいたいかと尋ね、愛していると言ったのに、彼はただ立ち上がって出ていった。こんなはずではなかった。

だが、数分後にエイダンは何か小さな物を持って戻ってきた。「すまない。大事なものを持ってきたかった。我慢できなかったんだ」

涙ぐむのは早かったのだろうか？　そうであることを願いながら、バイオレットは鼻をすすって涙を引っ込めた。「いいのよ。必要なだけ時間をかけてちょうだい。いっきにいろいろなことを投げかけすぎちゃったわね」

エイダンはうなずいた。「ああ。でも、いいんだ。この一週間、パーティの夜のことや、きみと過ごした時間のことを何度も思い返した。なんと言えば、何をすれば、もう一度やり直してみようときみを説得できるか考えた。本気でやり直してみようと。もし家族になるとしたら、もう秘密を持つわけにはいかない。ぼくを愛しているなら、両親の前でも愛してほしい。友達と一緒のときもぼくを愛し、ぼくがパブの経営で生計を立てている男だということを友達に話してほしい」

「そうするわ」バイオレットは椅子から立ち上がりながら言った。「何をしていようと、誰といようと、いつだってあなたを愛するわ。昨夜、腰を据えて両親と話したの」

「なんと言われた？」

あれこれ言われたが、エイダンに詳しく伝える必要はない。「父には、遺言状からわたしの名前を削除すると言われたわ」

エイダンは目を丸くした。「そんな」

バイオレットは肩をすくめた。「わたしはかまわないわ。わたしのお金は全部、生まれたときに祖父が用意してくれた信託財産なの。父のお金は必要ないのよ。父はただ自分の言い分を通すために脅しているだけだと思うわ。これからはわたしの人生に口出しできないということに慣れてもらわないと。わたしはもうすぐ三十になるのよ。遅すぎるくらいだわ」

エイダンはにっこりほほえんだ。「その言葉を聞けてうれしいよ。きみに渡したいものがあるんだ。実を言うとパーティの夜にも持っていたんだが、あのときはタイミングが悪い気がしてね。そして、結局……持ってこなければよかったと後悔した」

バイオレットの目は、彼の手の中のものを見つめた。それが何なのか、今はっきりわかった。ジュエリーケースだ。間違いない。心臓が早鐘を打ち始める。あれは本当にわたしが思っているものなのだろうか？　ただのネックレスやイヤリングだった場合、わたしは落胆をうまく隠せるだろうか？

「ぼくたちは違っているが、それはいいことだと思うんだ。一つだけ心配だったのは、経済的にはけっして同等になれないということだ。きみと同等になれる男など、地球上に数えるほどしかいないだろう。男としてはプライドを保つのが難しい状況だが、どうやったってきみに追いつくことはできないのだから、受け入れるしかない。きみを愛していることを自覚して初めて、それが気にかかるようになった」

バイオレットは息をのんだ。彼はこれまで一度もその言葉を口に出して言ってくれたことがなかった。自分はパーティで言ったし、今日も何度か言ったが、彼はまだだった。安堵《あんど》が波となって押し寄せてきた。彼もわたしを愛してくれているのだ。

不安は消えたものの、新たな心配が心の中にわき上がってきた。これは、本当にわたしが待っていた瞬間だろうか？　わたしはボーと婚約していたにもかかわらず、多くの女の子が夢見るプロポーズの瞬間というものを味わったことがない。妊娠がわかったとき、ボーはこう言った。〝なら、結婚しないといけないね〟そして指輪を選びに二人でティファニーへ行った。そんなのは心のこもったロマンティックなプロポーズとはとても言えない。

「ぼくはいろいろな意味で昔気質《むかしかたぎ》の男なんだ。きみが結婚を望んでいると一瞬でも思ったら、ノックスのことを知った時点で結婚を申し込んでいただろう。だがそのあと、きみと親しくなって、本当の家族になりたい、きみを愛していて、ずっと一緒にいたいから結婚したいと思ったとき……きみが承諾してくれるかどうかのほかにも心配が持ち上がった」

エイダンはまだ閉じたままのケースを手に取った。

「ぼくにはほかの男がきみに贈るような指輪は絶対に買えない。それが心配になったんだ。きみにふさわしいのは、ハリー・ウィンストンでもいちばん大きくて、いちばんきらびやかなダイヤだ。でも、ぼくにはそれを贈ることはできない」

どんな指輪だろうと、それどころか、指輪であるかどうかも気にしない。バイオレットは彼にそう言いたかった。指輪をステータスシンボルだと考える女性もいるだろうが、わたしはそうではない。ボーからもらった指輪はすてきだったが、自分の手にはごつくて重かった。もっとシンプルなもののほうが息もつまらなくてすむ。それに、エイダンが特別かつ単純であるべき瞬間のことを考えて苦しんでいるのがいやだった。プロポーズされる前に、あなたと結婚したいと叫びたかったが、なんとか我慢した。彼には言うべきことを言ってほしかった。

「ぼくがきみに贈ることができる最高のものは何か考えて気づいたんだ。ぼく自身にとって大事で特別なものを贈ればいい。思い入れがあるものには金では買えない値打ちがあると」

エイダンはついにケースを開けた。中には期待どおり指輪が入っていて、バイオレットの胸はときめいた。プラチナの台に丸いダイヤがはめ込まれていて、そこから放射状にちりばめられた小さなダイヤが太陽を思わせる。一九三〇年代のものであろうアールデコスタイルのこの美しいアンティークの指輪を、彼はどこで見つけたのだろう？

「これはぼくの母のもので、その前は父方の曾祖母《そうそぼ》のものだった。病気になったとき母は、どうしてもこれはぼくに持っていてほしい、自分の棺《ひつぎ》に入れるのは結婚指輪だけにしてくれと言い張ったんだ。あなたはいつかこれをはめてくれる特別な人と出会うだろうからと言ってね。母の言うとおりだったよ。きみはいろいろな意味で、ぼくにとって特別な人だ。毎朝、隣にきみがいないベッドで目覚めることを思うと、つらくてたまらない」

心臓が大きな音をたてて打つせいで、エイダンの言葉がほとんど聞こえなかった。彼女がイエスと答えたくてたまらない決定的な質問を彼がまだしていないことだけはわかる。それなのにエイダンは指輪を手に、期待に満ちた目でこちらを見つめている。

「それで？」バイオレットは尋ねた。

エイダンは困ったように眉を上げて彼女を見た。

「それで……？」それからはっとして目を見開いた。

「ああ！　いちばん大事な部分を忘れていた」そして、母のキッチンの傷んだリノリウムの床に片膝をついた。「バイオレット・ニアルコス。きみを心から愛している。きみがそばにいないと息をするのも難しい。ぼくは完璧ではないし、けっして完璧にはなれないだろうが、これからの人生、きみにふさわしい男になれるよう努力したい。ぼくの妻になってくれるかい？」

やっとだわ。

「ええ！」バイオレットは叫んだ。

エイダンは震える手でベルベットのクッションから指輪を取り出し、バイオレットの指にはめた。指輪はぴったりで、午後の日差しの中できらきらと輝いた。大きすぎも重すぎもしない。家族のあいだで受け継がれてきたものだと思うと、よけいに特別に感じられた。こんなにすばらしいものはない。

エイダンはバイオレットの手を握って立ち上がり、彼女を抱きしめた。バイオレットは彼の首に腕を巻きつけて引き寄せた。エイダンの唇が彼女の唇を探し当てると、バイオレットは存分に彼を味わった。永遠に遠ざけてしまったと思っていた彼とまたキスができたことがうれしくてたまらない。もう二度と離れたくないし、離れることもない。エイダンはわたしのもので、わたしは彼のものなのだ。

永遠に。

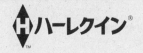

小さな天使の父の記憶を
2025年1月5日発行

著　　者　アンドレア・ローレンス
訳　　者　泉　智子(いずみ　ともこ)

発 行 人　鈴木幸辰
発 行 所　株式会社ハーパーコリンズ・ジャパン
東京都千代田区大手町 1-5-1
電話 04-2951-2000(注文)
0570-008091(読者サービス係)

印刷・製本　大日本印刷株式会社
東京都新宿区市谷加賀町 1-1-1

表紙写真　© Romrodinka | Dreamstime.com

ISBN978-4-596-71891-4 C0297

ハーレクイン・シリーズ 1月5日刊 発売中

ハーレクイン・ロマンス
愛の激しさを知る

秘書から完璧上司への贈り物 ミリー・アダムズ／雪美月志音 訳 R-3933
《純潔のシンデレラ》

ダイヤモンドの一夜の愛し子 リン・グレアム／岬 一花 訳 R-3934
〈エーゲ海の富豪兄弟 I〉

青ざめた蘭 アン・メイザー／山本みと 訳 R-3935
《伝説の名作選》

魅入られた美女 サラ・モーガン／みゆき寿々 訳 R-3936
《伝説の名作選》

ハーレクイン・イマージュ
ピュアな思いに満たされる

小さな天使の父の記憶を アンドレア・ローレンス／泉 智子 訳 I-2833

瞳の中の楽園 レベッカ・ウインターズ／片山真紀 訳 I-2834
《至福の名作選》

ハーレクイン・マスターピース
世界に愛された作家たち
～永久不滅の銘作コレクション～

新コレクション、開幕！

ウェイド一族 キャロル・モーティマー／鈴木のえ 訳 MP-109
《キャロル・モーティマー・コレクション》

ハーレクイン・ヒストリカル・スペシャル
華やかなりし時代へ誘う

公爵に恋した空色のシンデレラ ブロンウィン・スコット／琴葉かいら 訳 PHS-342

放蕩富豪と醜いあひるの子 ヘレン・ディクソン／飯原裕美 訳 PHS-343

ハーレクイン・プレゼンツ作家シリーズ別冊
魅惑のテーマが光る
極上セレクション

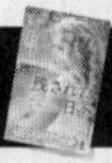

イタリア富豪の不幸な妻 アビー・グリーン／藤村華奈美 訳 PB-400

※予告なく発売日・刊行タイトルが変更になる場合がございます。ご了承ください。

1月15日発売 ハーレクイン・シリーズ 1月20日刊

ハーレクイン・ロマンス
愛の激しさを知る

忘れられた秘書の涙の秘密《純潔のシンデレラ》	アニー・ウエスト／上田なつき 訳	R-3937
身重の花嫁は一途に愛を乞う《純潔のシンデレラ》	ケイトリン・クルーズ／悠木美桜 訳	R-3938
大人の領分《伝説の名作選》	シャーロット・ラム／大沢　晶 訳	R-3939
シンデレラの憂鬱《伝説の名作選》	ケイ・ソープ／藤波耕代 訳	R-3940

ハーレクイン・イマージュ
ピュアな思いに満たされる

スペイン富豪の花嫁の家出	ケイト・ヒューイット／松島なお子 訳	I-2835
ともしび揺れて《至福の名作選》	サンドラ・フィールド／小林町子 訳	I-2836

ハーレクイン・マスターピース
世界に愛された作家たち
～永久不滅の銘作コレクション～

プロポーズ日和《ベティ・ニールズ・コレクション》	ベティ・ニールズ／片山真紀 訳	MP-110

ハーレクイン・プレゼンツ作家シリーズ別冊
魅惑のテーマが光る
極上セレクション

新コレクション、開幕！

修道院から来た花嫁《リン・グレアム・ベスト・セレクション》	リン・グレアム／松尾当子 訳	PB-401

ハーレクイン・スペシャル・アンソロジー
小さな愛のドラマを花束にして…

シンデレラの魅惑の恋人《スター作家傑作選》	ダイアナ・パーマー 他／小山マヤ子 他 訳	HPA-66

文庫サイズ作品のご案内

◆ハーレクイン文庫…………………毎月1日刊行
◆ハーレクインSP文庫……………毎月15日刊行
◆mirabooks…………………………毎月15日刊行

※文庫コーナーでお求めください。

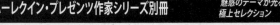

今月のハーレクイン文庫

12月刊 好評発売中！

帯は1年間"決め台詞"！

珠玉の名作本棚

「小さな奇跡は公爵のために」
レベッカ・ウインターズ

湖畔の城に住む美しき次期公爵ランスに財産狙いと疑われたアンドレア。だが体調を崩して野に倒れていたところを彼に救われ、病院で妊娠が判明。すると彼に求婚され…。

（初版：I-1966「湖の騎士」改題）

「運命の夜が明けて」
シャロン・サラ

癒やしの作家の短編集！　孤独なウエイトレスとキラースマイルの大富豪の予期せぬ妊娠物語、目覚めたら見知らぬ美男の妻になっていたヒロインの予期せぬ結婚物語を収録。

（初版：SB-5,L-1164）

「億万長者の残酷な嘘」
キム・ローレンス

仕事でギリシアの島を訪れたエンジェルは、島の所有者アレックスに紹介され驚く。6年前、純潔を捧げた翌朝、既婚者だと告げて去った男――彼女の娘の父親だった！

（初版：R-3020）

「聖夜に降る奇跡」
サラ・モーガン

クリスマスに完璧な男性に求婚されると自称占い師に予言された看護師ラーラ。魅惑の医師クリスチャンが離婚して子どもの世話に難儀していると知り、子守りを買って出ると…？

（初版：I-2249）